杜牧诗集

〔唐〕杜牧 著

刘枫 主编

黄河出版传媒集团
阳光出版社

图书在版编目（CIP）数据

杜牧诗集 / 刘枫主编 .—— 银川：阳光
出版社，2016.8（2022.05重印）
（中国古典名著精华）
ISBN 978-7-5525-2902-9

Ⅰ.① 杜 … Ⅱ.① 刘 … Ⅲ.① 杜 诗 – 诗
集 Ⅳ.① I222.742

中国版本图书馆 CIP 数据核字 (2016) 第 210353 号

中国古典名著精华·杜牧诗集 〔唐〕杜牧 著 刘枫 主编

责任编辑 陈建琼
封面设计 瑞知堂文化
责任印制 岳建宁

黄河出版传媒集团
阳光出版社 出版发行

地 址 宁夏银川市北京东路139号出版大厦（750001）
网 址 http://www.ygchbs.com
网上书店 http://shop129132959.taobao.com
电子信箱 yangguangchubanshe@163.com
邮购电话 0951-5047283
经 销 全国新华书店
印刷装订 天津兴湘印务有限公司
印刷委托书号 （宁）0020186

开 本 710 mm×1000 mm 1/16
印 张 15
字 数 180千字
版 次 2016年11月第1版
印 次 2022年5月第2次印刷
书 号 ISBN 978-7-5525-2902-9
定 价 36.80元

杜牧诗集

目　录

卷一　精读篇目

中国古典名著精华

卷二　泛读篇目

杜牧诗集

中国古典名著精华

中国古典名著精华

杜牧诗集

中国古典名著精华

杜牧诗集

杜牧诗集

中
国
古
典
名
著
精
华

卷一　精读篇目

过勤政楼

千秋佳节名空在,承露丝囊世已无。

惟有紫苔偏称意,年年因雨上金铺。

【赏析】

勤政楼原是唐玄宗用来处理朝政、举行国家重大典礼的地方,建于开元八年(720 年),位于长安城兴庆宫的西南角,西面题曰"花萼相辉之楼",南面题曰"勤政务本之楼"。

开元十七年八月五日,唐玄宗为庆贺自己的生日,在此楼批准宰相奏请,定这一天为千秋节,布告天下。并以马百匹,盛饰分左右,舞于勤政楼下,又于楼中赐宴设酺,"群臣以是日进万寿酒,王公戚里进金镜绶带,士庶以结丝承露囊更相问遗",千秋节也就成了一年一度的佳节。然而由于玄宗晚年"勤政务本"早成空话,到"安史之乱"爆发,只得被迫退位,唐王朝江河日下,千秋节也随之徒有虚名了,甚至连当年作为赠送礼物的承露丝囊也见不到了。诗的第一句说佳节空在,是总论,第二句说丝囊已无,则是抓住了"承露囊"这个千秋节最有代表性的物品来进一步补衬,使得"名空在"三字具体着实了。

诗的后两句写诗人移情于景,感昔伤今。"惟有紫苔偏称意,年年因雨上金铺。"金铺,是大门上的一种装饰物,常常做成兽头或龙头的形状,用以衔门环。用铜或镀金做的,叫金铺,用银做的叫银铺。紫苔是苔藓的一种,长在阴暗潮湿的地方。这两句诗从表面看,写的是景,是"勤政楼"的实景,但细细体味,就会感到这 14 个字,字字都饱蕴了诗人感昔伤今的真实情感,慨叹曾经百戏杂陈的楼前,经过一个世纪的巨大变化,竟变得如此凋零破败。可以想象，当杜牧走过这个前朝遗址时，所看到的是杂草丛生，人迹稀少，重门紧闭的一片凄凉景象。诗人不写别的，偏偏从紫苔着笔。这是因为紫苔那无拘无束，随处生长，自得其乐的样子深深地触动了他此时惨淡失意的心情。失意之心对得意之物，自然格外敏感，体味也就更加深刻了。作者以紫苔见意，又从紫苔说开去，用紫苔的滋长反衬唐朝的衰落，小中见大，词浅意深，令人回味。说紫苔上了金铺，是一种夸张的手法。当年威严可畏的龙头兽首，而今绿锈满身，如同长满了青苔一般，这就进一步烘托了勤政楼被人遗忘而常年冷落的凄凉衰败的景象。这里，"偏称意"三字写得传神，"偏"，说明万物凋零，独有紫苔任情滋蔓，好像是大自然的偏宠，使得紫苔竟那样称心惬意。这笔法可谓婉曲回环，写景入神了。

这首诗是诗人在极度感伤之下写成的，全诗却不着一个"悲"字。从诗的整体看，诗人主要采用明赋暗比的方法。前两句写的是今日之衰，实际上使人缅怀的是当年之盛；后两句写的是今日紫苔之盛，实际上使人愈加感到"勤政楼"今日之衰。一衰一盛，一盛一衰，对比鲜明，文字跌宕有致，读来回味无穷。

商山麻涧

云光岚彩四面合，柔柔垂柳十余家。

雉飞鹿过芳草远，牛巷鸡埘春日斜。

秀眉老父对樽酒，茜袖女儿簪野花。

征车自念尘土计，惆怅溪边书细沙。

【赏析】

这首诗是诗人由宣州经江州回长安途中路过商山麻涧时所作。商山，在今陕西省商县东南，其地险峻，林壑深邃。麻涧，在熊耳峰下，山涧环抱，周围适宜种麻，因名麻涧。诗人以清隽的笔调从不同的角度展示了这一带优美的自然景色。淳朴、恬静的农家生活和村人怡然自得的意态，充满了浓厚的诗情画意。在一个阳光明媚的春日，一辆风尘仆仆的"征车"曲折颠簸在商山的山路上。峰回路转，车子进入麻涧谷口，一片迷人的"桃源"境界，一股沁人心脾的清新气息扑面而来，使得诗人一下子忘记了旅途的疲困，精神为之一振。

举目遥望，周围群峰耸立，山上白云缭绕，山下雾霭霏微，在阳光的辉映下，折射出炫目的光彩；山风飘拂，山涧逶迤，远处在一片垂柳的掩映下，竟然坐落着一个十余户人家的小村庄。啊，这是一个多么好的休息之处呀！那袅袅的炊烟，那轻柔的柳丝，那悠悠的鸡犬声——诗人不禁兴奋不已，催车前行。车轮辘辘向前，打破了山间的幽静，惊起了栖息在野草丛中的野鸡，纷纷扑棱着翅膀，从车前掠过；胆小的獐鹿竖起双耳，惊恐地逃到远处的草丛里。车子进入村庄时，太阳已经西斜，放牧的牛羊纷纷回栏，觅食的鸡鸭也开始三三两两地回巢了。

黄昏，是农家最悠闲的时光。劳动了一天的人们开始回到石头垒成的小院里休息并准备晚餐了。那长眉白发的老翁悠然自得地坐在屋前的老树下,身边放了一壶酒;那身着红色衫袖的村姑正将一朵刚刚采撷的野花细心地插在发髻上。置身这恍如仙境的麻涧,面对这怡然自乐的村人,诗人心旷神怡。想到自己千里奔逐,风尘仆仆;想到明天又得离开这里,踏上征途,欣羡之余,又不禁升起了悠悠怅惘,一个人坐在溪涧边,手指不由自主地在细沙上画来画去。余晖霭霭,暮色渐渐笼罩了这小小的山村;这首诗运用蒙太奇的艺术手法,通过巧妙的剪辑,远近结合,移步换形,一句一景,将商山麻涧一带的自然风光和山村农家的和美生活写得熙熙融融,生机盎然。最后,诗人将自己的怅然失落的神情一起摄入画面,曲折地表达了因仕途曲折而对田园生活的向往之情,富有意趣。

河　湟

元载相公曾借箸,宪宗皇帝亦留神。

旋见衣冠就东市,忽遗弓剑不西巡。

牧羊驱马虽戎服,白发丹心尽汉臣。

惟有凉州歌舞曲,流传天下乐闲人。

【赏析】

“安史之乱”爆发后,驻守在河西、陇右的军队东调平叛,吐蕃乘机进占了河湟地区,对唐朝政府造成了极大的威胁。杜牧有感于晚唐的内忧外患,热切主张讨平藩镇割据、抵御外族侵侮,因此对收复失地极为关心,先后写了好几首诗,《河湟》便是其中的一首。

河湟本指湟水与黄河合流处的一片地方,这里用以指吐蕃统治者自唐肃宗以来占领的河西、陇右之地。诗以“河湟”为题,十分醒目,寓主旨于其中,起到统照全篇的作用。

诗可分为两层。前四句说:宰相元载对西北边事多所策划,却不为代宗所用,反遭不测;宪宗也曾锐意收复河陇,却不及西征,赍志以殁。这里一连用了三个典故。“借箸”,用张良的故事。不仅以之代“筹划”一词,而且含有将元载比作张良之意,从而表明作者对他的推重。“衣冠就东市”,是用晁错的故事。意在说明元载的主张和遭遇与晁错颇为相似,暗示元载留心边事,有经略之策。杜牧比之晁错,足见对他的推重和惋惜。“忽遗弓剑”采用黄帝乘龙升仙的传说,借指宪宗之死,并暗切宪宗好神仙,求长生之术。这里,作者对宪宗被宦官所杀采取了委婉的说法,流露出对其猝然而逝的叹惋。以上全用叙述,不着议论,但作者对河湟迟迟不能收复的感慨却溢于言表。

后四句用强烈的对照描写,表达了作者鲜明的爱憎。河湟百姓尽管身着异族服装,“牧羊驱马”,处境是那样艰难屈辱;但他们的心并没有被征服,白发丹心,永为汉臣。而统治者又怎么样呢?作者不用直书的手法,而是抓住那些富贵闲人陶醉于原从河湟传来的轻歌曼舞这样一个细节,便将他们的醉生梦死之态揭露得淋漓尽致。

此诗前四句叙元载、宪宗事,采用分承的方法,第三句承首句,第四句承次句。这样写不仅加强了慨叹的语气,且显得跌宕有致。第三联正面写河湟百姓的浩然正气。"虽"和"尽"两个虚字用得极好,一抑一扬,笔势拗峭劲健。最后一联却又不直抒胸臆,而是将满腔抑郁不平之气故意以旷达幽默的语气出之,不仅加强了讽刺的力量,而且使全诗显得抑扬顿挫,余味无穷。这首诗,写得劲健而不枯直,阔大而亦深沉,正如明人杨慎《升庵诗话》所说:"律诗至晚唐,李义山而下,惟杜牧之为最。宋人评其诗豪而艳,宕而丽,于律诗中特寓拗峭,以矫时弊。"这首《河湟》鲜明地体现出这种艺术特色。

念昔游三首(其一)

十载飘然绳检外,樽前自献自为酬。

秋山春雨闲吟处,倚遍江南寺寺楼。

【赏析】

杜牧曾因仕途失意,长期漂泊南方。《念昔游》是若干年后追忆那次游踪而写的组诗,一共三首,这是其中的第一首。

诗的前两句,描写他十年浪迹江南,不受拘束的生活。漫长的生涯中,诗人只突出了一个"自献自为酬"的场面。两个"自"字,把他那种自斟自饮,自得其乐,独往独来,不受拘束,飘然于绳检之外的神态勾画出来了。这神态貌似潇洒自得,实际上隐约地透露出一肚皮不合时宜的愤世之感。

诗的后两句正面写到《念昔游》的"游"字上,但是并没有具体描写江南的景色。"秋山春雨"只是对江南景色一般的概括性的勾勒,然而爽朗的秋山和连绵的春雨也颇富于江南景致的特征。"春"、"秋"二字连用,同前面的"十载"相呼应,暗示出漂泊江南时日之久。诗人寄情山水,徜徉在旖旎风光之中,兴会所致,不免吟诗遣兴。写游踪又突出江南的寺院,正如作者在《江南春绝句》中所说的,"南朝四百八十寺,多少楼台烟雨中",风光优胜之故。"倚楼"关切吟诗。"倚遍江南寺寺楼",并烘托出游历的地域之广,也即是时间之长,又回应开头"十载"。

诗人到处游山玩水,看来似乎悠然自在,内心却十分苦闷。这首忆昔诗,重点不在追述游历之地的景致,而是借此抒发内心的情绪。愈是把自己写得无忧无虑、无拘无束,而且是年复一年,无处不去,就愈显示出他的百无聊赖和无可奈何。诗中没有一处正面发泄牢骚,而又处处让读者感到有一股怨气,妙就妙在这"言外之意"或"弦外之音"上面。

张好好诗并序

　　牧太和三年，佐故吏部沈公江西幕。好好年十三，始以善歌来乐籍中。后一岁，公移镇宣城，复置好好于宣城籍中。后二岁，为沈著作述师，以双鬟纳之。后二岁，于洛阳东城，重睹好好，感旧伤怀，故题诗赠之。

君为豫章姝，十三才有余。

翠茁凤生尾，丹叶莲含跗。

高阁倚天半，章江联碧虚。

此地试君唱，特使华筵铺。

主公顾四座，始讶来踟蹰。

吴娃起引赞，低徊映长裾。

双鬟可高下，才过青罗襦。

盼盼乍垂袖，一声雏凤呼。

繁弦迸关纽，塞管裂圆芦。

众音不能逐，袅袅穿云衢。

主公再三叹，谓言天下殊。

赠之天马锦，副以水犀梳。

龙沙看秋浪，明月游东湖。

自此每相见，三日已为疏。

玉质随月满，艳态逐春舒。

绛唇渐轻巧，云步转虚徐。

旌旆忽东下，笙歌随舳舻。

霜凋谢楼树，沙暖句溪蒲。

身外任尘土，樽前极欢娱。

飘然集仙客，讽赋欺相如。

聘之碧瑶佩，载以紫云车。

洞闭水声远,月高蟾影孤。

尔来未几岁,散尽高阳徒。

洛城重相见,绰绰为当垆。

怪我苦何事,少年垂白须?

朋游今在否? 落拓更能无?

门馆恸哭后,水云秋景初。

斜日挂衰柳,凉风生座隅。

洒尽满襟泪,短歌聊一书。

【赏析】

以"十年一觉扬州梦,赢得青楼薄幸名"自嘲的杜牧,其实是位颇富同情心的诗人。唐文宗大和七年,杜牧路过金陵,曾为"穷且老"的昔日歌女杜秋,写了悲慨的《杜秋娘诗》;两年后,诗人任东都监察御史,在洛阳重逢豫章(治所在今江西南昌)乐伎张好好,又为她沦为"当垆"卖酒之女,而"洒尽满襟"清泪——这就是本诗的由来。

风尘女子的沦落生涯,在开初往往表现为人生命运的惊人跃升。此诗开篇一节,正以浓墨重彩,追忆了张好好六年前初吐清韵、名声震座的美好一幕:"翠茁凤生尾,丹叶莲含跗(花萼的基部)"——这位年方"十三"有余的歌女,当时身穿翠绿衣裙,袅袅婷婷,就像飘曳着鲜亮尾羽的凤鸟;那红扑扑的脸盘,更如一朵摇曳清波的红莲,含苞欲放!诗人安排她的出场非同一般,那是在一碧如染的赣江之畔、高倚入云的滕王阁中——正适合美妙歌韵的飞扬、回荡。为了这一次试唱,人们特为准备了铺张的"华筵",高朋满座。而处于这一切中心的,便是张好好。此刻,她正如群星拱卫的新月,只在现身的刹那间,便把这"高阁"的"华筵"照亮了!为着表现张好好的惊人之美,诗人还不忘从旁追加一笔:"主公顾四座,始讶来踟蹰"。主公,即江西观察使沈传师(当时诗人正充当他的幕僚);"来踟蹰",则化用《陌上桑》"使君从东来,五马立踟蹰"之意,描写沈传师在座中初睹张好好风姿的惊讶失态的情景,深得侧面烘托之妙。

然后便是张好好的"试唱",诗中描述她在"吴娃"的扶引下羞怯登场,低头不语地摆弄着长长的前襟;一双发鬓高下相宜,缕缕发辫才曳过短襦——寥寥数笔,画出了这位少女的多少柔美羞怯之态!令人不禁要怀疑:如此小儿女家,竟有声震梁尘的妙喉?然而,"盼盼乍垂袖,一声雏凤呼",当她像贞元间名妓关盼盼那样乍一甩袖,席间便顿时响彻小凤凰一般清润圆美的歌鸣。这歌声嘹亮清丽,竟使伴奏的器乐都有难以为继之感,以至于琴弦快要迸散按钮、芦管即将为之破裂!而张好好的袅袅歌韵,却还压过"众音",穿透高阁,直上云衢!白居易《琵琶行》表现商女奏乐之妙,全借助于连翩的比喻描摹;此诗则运用高度的夸张,从伴奏器乐的不胜竞逐中,反衬少女歌喉的清亮遏云,堪称别开蹊径。

一位初登歌场的少女,一鸣惊人,赢得了观察使大人的青睐。她从此被编入乐籍,成了一位为官家卖唱的歌伎。未更人事的张好好,自然不懂得,这失去自由的乐伎生涯,对于她的一生意味着什么。她大约到倒满心喜悦地以为,一扇富丽繁华的生活之门,已向她砰然打开——那伴着"主公"在彩霞满天的秋日,登上"龙沙"山(南昌城北)观浪,或是明月初上的夜晚,与幕僚们游宴"东湖"的生活,该有多少乐趣!最令诗人惊叹的,还是张好好那日愈变化的风韵:"玉质随月满,艳态逐春舒。绛唇渐轻巧,云步转虚徐"——不知不觉中,这位少女已长成风姿殊绝的美人!当沈传师"旌旆"东下、调任宣歙观察使时,自然没忘记把她也"笙歌随舳舻"地载了去。于是每遇霜秋、暖春,宣城的谢脁楼或城东的"句溪",就有了张好好那清亮歌韵的飞扬。这就是诗之二节所描述的张好好那貌似快乐的乐伎生活——诗人当然明白,这种"身外(功业、名声)任尘土,樽前极欢娱"的"欢娱",对于一位歌伎来说,终究只是昙花一现,并不能长久。但他当时怎么也没预料,那悲惨命运之神的叩门,对张好好竟来得如此突然。而这一节之所以极力铺陈张好好美好欢乐的往昔,也正是为了在后文造成巨大的逆转,以反衬女主人公令人惊心的悲惨结局。

这结局在开始依然带有喜剧色彩:"飘然集仙客,讽赋欺相如。聘之碧瑶珮,载以紫云车。"那风度翩翩、长于"讽赋"的聘取者,就是曾任"集仙殿"校理的沈传师。诗序称他"以双鬟(一千万钱)纳之",可见颇花费了一笔钱财，故诗中以"碧瑶珮"、"紫云车"等夸张之语，将这出"纳妾"喜剧着力渲染了一番。张好好呢，大约以为终于有了一个归宿，生活拘检起来，正如传说中的天台仙女一般，关闭"洞门"，不再与往日熟知的幕僚交往。"洞闭水声远，月高蟾影孤"二句，叙女主人公为妾景象，虽语带诙谐，字里行间毕竟透露着一种孤清幽寂之感，它似乎暗示着，女主人公身为侍妾，生活过得其实并不如意。

诗情的逆转，是数年后的一次意外相逢："洛城重相见，绰绰为当垆"——当年那绰约风姿的张好好，才不过几年，竟已沦为卖酒东城的"当垆"之女！这该令诗人多么震惊。奇特的是，当诗人揭开张好好生涯中最惨淡的一幕时，全不顾及读者急于了解沦落真相，反而转述起女主人公对诗人的关切询问来："怪我苦何事，少年垂白须？朋游今在否？落拓更能无？"此四句当作一气读，因为它们在表现女主人公的酸苦心境上，简直妙绝——与旧日朋友的相逢，竟是在如此尴尬的场合；张好好纵有千般痛楚，又教她怎样向友人诉说？沉沦的羞惭，须得强加压制，最好的法子，便只有用这连串的问语来岔开了。深情的诗人何尝不懂得这一点？纵有千种疑问，又怎忍心再启齿相问！诗之结尾所展示的，正是诗人默然无语，在"凉风生座隅"的悲哀中，凝望着衰柳、斜阳，扑簌簌流下满襟的清泪——使得诗人落泪不止的，便是曾经以那样美好的歌喉，惊动"高阁""华筵"，而后又出落得"玉质"、"绛唇""云步""艳态"的张好好的不幸遭际；便是眼前这位年方十九，却已饱尝人间酸楚，终于沦为卖酒之女、名震一时的名妓！这首诗正以如此动人的描述，再现了张好好升浮沉沦的悲剧生涯，抒发了诗人对这类无法主宰自己命运的苦难女子的深切同情。作为一首叙事诗，诗人把描述的重点，全放在回忆张好好昔日的美好风貌上；并用浓墨重彩，表现她生平最光彩照人的跃现。只是到了结尾处，才揭开她沦为酒家"当垆"女的悲惨结局。这在结构上似乎颇不平衡。然而，正是这种不平衡，便在读者心中，刻下了张好好最动人美丽的形象；从而对她的悲惨处境，激发起最深切的同情。在鲜明的反衬和命运的急剧逆转中，表现对摧残、伤害美好、善良女子的社会的遗憾和抗议。

村　行

春半南阳西,柔桑过村坞。

袅袅垂柳风,点点回塘雨。

蓑唱牧牛儿,篱窥茜裙女。

半湿解征衫,主人馈鸡黍。

【赏析】

　　这是一幅美丽的农村风景画。仲春季节,南阳之西,一派大好春光。美时,美地,美景,在"春半南阳西"中,隐约而至。遍村柔桑,欣欣向荣。这一"过"字,境界全出。"柔桑过村坞",在动态中,柔桑生长的姿态和鲜嫩的形状,活现在眼前,这就把春天的乡村,点缀得更美了。加之垂柳扶风,娉娉袅袅,春雨点点,回落塘中,更有一种说不出的情趣。再看,那农家牧童,披着蓑衣,愉快地唱着歌;竹篱笆内,可窥见那穿着绛黄色裙子的农家女的倩影。行路征人,解松半湿的衣衫,在村里歇脚,村主人热情地用鸡黍招待客人。这首诗,首联、额联是写村景,颈联、尾联是写村情。其景实,其情真,与诗题是呼应的。

　　《村行》的艺术特色,可用轻情秀艳来总括。《李调元诗话》云:"杜牧之诗,轻情秀艳,在唐贤中另是一种笔意,故学诗者不读小杜诗必不韵。"所谓轻情秀艳,即轻盈巧倩,秀美艳丽。它好像是个风华正茂的女子,秋波流转,含情脉脉,秀而不媚,艳而不淫,风姿婀娜,楚楚动人。

　　轻情秀艳,不仅显示在妇女形象和爱情生活的描写中,也表现在大自然的描绘中。除了《村行》以外,《汉江》、《寄扬州韩绰判官》、《山行》、《寄远》、《柳绝句》、《江南春绝句》等,均以轻情秀艳见长,又各有其奇特风采。然而,它们与《村行》相比,却缺少那么一点点野趣与农村风味。《村行》一诗,在轻情秀艳之中,显示出野逸、村朴、真挚、热情。诗人所描绘的柔桑、村坞、垂柳、塘雨、蓑衣、牧童、耕牛、篱笆、村女、主人、鸡黍等,都是美好的田园风光。

《村行》不是静止的田园画,而是运动着的风光图。从诗题中,就点出了"行"的特色。"行",带动全篇,连风景也是处于流动之中的。在诗人笔下,春,不是停滞的,也不是笼统地指正、二、三月,而是指农历二月中旬。这时,春天已过去一半,故曰"春半"。这个半字,虽本身不是动词,但诗人却赋予它以动作性,它显示出大好的仲春季节的来临。此外,在诗人笔下,柔桑处处,生机勃勃,但诗人在描绘它的长势时,不用满字,而用"过"字。这个"过"字,既写了柔桑的生长过程之快,又写了柔桑长势之茂盛及其涵盖面之大。此外,诗人笔下之柳,不是呈一种动势,而是呈多种动势。它不仅下垂,而且随风摇动,仿佛少女娉娉的腰肢一样,左右摆动。此外,作者所写的雨,不是大雨,而是点点细雨。"点点",还呈现出落雨的动势。雨落水塘,溅起圆圆的水花,"回"字,与前面的"垂"字对照,"点点"与前面的"娉娉"对照,更加强了风景的动态美。如果说,前面两联是写风景动态美的话,那么,后面两联就是写风情动态美了。放牛娃唱着动听的歌,给人以听觉上的美感;从外边可以窥及篱内村女绚丽的衣裙,给人以视觉上的美感;征衫半湿,且解且歌,村人好客,馈以鸡黍,给人以味觉上、触觉上的美感。诗人就是如此地善于捕捉刹那间的人物的动态去表现农村的人情美。《村行》这首小诗,具有轻柔秀美的特点。它与《商山麻涧》等诗,有异曲同工之妙。在《商山麻涧》中,所写的云光岚彩,柔柔垂柳,飞雉过鹿,牛巷鸡埘,秀眉老父,茜裙女儿,均富于柔和的特质。此外,诗人写竹,则"历历羽林影,疏疏烟露姿"(《栽竹》);写梅,则"轻盈照溪水,掩敛下瑶台"(《梅》);写鸂鶒,则"静眠依翠竹,暖戏折高荷"(《鸂鶒》);写鹭鸶,则"惊飞远映碧山去,一树梨花落晚风"(《鹭鸶》)。这些诗句,与《村行》虽各有特色,但都具有轻情秀艳之美。

念昔游三首(其三)

李白题诗水西寺,古木回岩楼阁风。

半醒半醉游三日,红白花开山雨中。

【赏析】

"水西寺"即天宫水西寺,是宣州泾县水西山中很有名的一座寺院。寺中"凡十四院,其最胜者曰华岩院,横跨两山,廊庑皆阁道,泉流其下"(《江南通志》)。李白曾到此游览,并题有《游水西简郑明府》一诗。杜牧此诗开门见山,提到李白在此题诗一事。李白诗中云:"清湍鸣回溪,绿竹绕飞阁;凉风日潇洒,幽客时憩泊",描写了这一山寺佳境。杜牧将此佳境凝练为"古木回岩楼阁风",正抓住了水西寺的特点:横跨两山的建筑,用阁道相连,四周皆是苍翠的古树、绿竹,凌空的楼阁之中,山风习习。多么美妙的风光!

李白一生坎坷蹭蹬,长期浪迹江湖,寄情山水。杜牧此时不但与李白的境遇相仿,而且心绪也有些相似。李白身临佳境曰"幽客时憩泊";杜牧面对胜景曰"半醒半醉游三日",都是想把政治上失意后的苦闷消释在可以令人忘忧的美景之中。三、四句合起来,可以看到这样的场面:在蒙蒙的雨雾中,山花盛开,红白相间,幽香扑鼻;似醉若醒的诗人,漫步在这一带有浓烈的自然野趣的景色之中,显得多么陶然自得。

此诗二、四两句写景既雄俊清爽,又纤丽典雅。诗人是完全沉醉在这如画的山景里了吗?还是借大自然的景致来荡涤自己胸中之块垒呢?也许两者都有。

过华清宫绝句三首(其一)

长安回望绣成堆,山顶千门次第开。
一骑红尘妃子笑,无人知是荔枝来。

【赏析】

本题共三首,是杜牧经过骊山华清宫时有感而作。华清宫是唐玄宗开元十一年(723 年)修建的行宫,玄宗和杨贵妃曾在那里寻欢作乐。后代有许多诗人写过以华清宫为题的咏史诗,而杜牧的这首绝句尤为精妙绝伦,脍炙人口。此诗通过送荔枝这一典型事件,鞭挞了玄宗与杨贵妃骄奢淫逸的生活,有着以微见著的艺术效果。

起句描写华清宫所在地骊山的景色。诗人从长安"回望"的角度来写,犹如电影摄影师,在观众面前先展现一个广阔深远的骊山全景:林木葱茏,花草繁茂,宫殿楼阁耸立其间,宛如团团锦绣。"绣成堆",既指骊山两旁的东绣岭、西绣岭,又是形容骊山的美不胜收,语意双关。

接着,镜头向前推进,展现出山顶上那座雄伟壮观的行宫。平日紧闭的宫门忽然一道接着一道缓缓地打开了。接下来,又是两个特写镜头:宫外,一名专使骑着驿马风驰电掣般疾奔而来,身后扬起一团团红尘;宫内,妃子嫣然而笑了。几个镜头貌似互不相关,却都包孕着诗人精心安排的悬念。"千门"因何而开?"一骑"为何而来?"妃子"又因何而笑?诗人故意不忙说出,直至紧张而神秘的气氛憋得读者非想知道不可时,才含蓄委婉地揭示谜底:"无人知是荔枝来。""荔枝"两字,透出事情的原委。《新唐书·杨贵妃传》:"妃嗜荔枝,必欲生致之,乃置骑传送,走数千里,味未变,已至京师。"明于此,那么前面的悬念顿然而释,那几个镜头便自然而然地联成一体了。

吴乔《围炉诗话》说:"诗贵有含蓄不尽之意,尤以不著意见声色故事议论者为最上。"杜牧这首诗的艺术魅力就在于含蓄、精深,诗不明白说出玄宗的荒淫好色,贵妃的恃宠而骄,而形象地用"一骑红尘"与"妃子笑"构成鲜明的对比,就收到了比直抒己见强烈得多的艺术效果。"妃子笑"三字颇有深意。春秋时周幽王为博妃子一笑,点燃烽火,导致国破家亡。当我们读到这里时,不是很容易联想到这个尽人皆知的故事吗?"无人知"三字也发人深思。其实"荔枝来"并非绝无人知,至少"妃子"知,"一骑"知,还有一个诗中没有点出的皇帝更是知道的。这样写,意在说明此事重大紧急,外人无由得知,这就不仅揭露了皇帝为讨宠妃欢心无所不为的荒唐,也与前面渲染的不寻常的气氛相呼应。全诗不用难字,不使典故,不事雕琢,朴素自然,寓意精深,含蓄有力,是唐人咏史绝句中的佳作。

过华清宫绝句三首(其二)

新丰绿树起黄埃,数骑渔阳探使回。

霓裳一曲千峰上,舞破中原始下来。

【赏析】

　　唐玄宗时,安禄山兼任平卢、范阳、河东三镇节度使后伺机谋反,玄宗却对他十分宠信。皇太子和宰相杨国忠屡屡启奏,方派中使辅璆琳以赐柑为名去探听虚实。璆琳受安禄山厚赐,回来后盛赞他的忠心。玄宗轻信谎言,自此更加高枕无忧,恣情享乐了。"新丰绿树起黄埃,数骑渔阳探使回",正是描写探使从渔阳经由新丰飞马转回长安的情景。这探使身后扬起的滚滚黄尘,是迷人眼目的烟幕,又象征着叛乱即将爆发的战争风云。

　　诗人从"安史之乱"的纷繁复杂的史事中,只摄取了"渔阳探使回"的一个场景,是颇具匠心的。它既揭露了安禄山的狡黠,又暴露了玄宗的糊涂,有"一石二鸟"的妙用。

　　如果说诗的前两句是表现了空间的转换,那么后两句"霓裳一曲千峰上,舞破中原始下来",则表现了时间的变化。前后四句所表现的内容本来是互相独立的,但经过诗人巧妙的剪接便使之具有互为因果的关系,暗示了两件事之间的内在联系。而从全篇来看,从"渔阳探使回"到"霓裳千峰上",是以华清宫来联结,衔接得很自然。这样写,不仅以极简省的笔墨概括了一场重大的历史事变,更重要的是揭示出事变发生的原因,诗人的构思是很精巧的。

　　将强烈的讽刺意义以含蓄出之,尤其是"霓裳一曲千峰上,舞破中原始下来"两句,不着一字议论,便将玄宗的耽于享乐、执迷不悟刻画得淋漓尽致。说一曲霓裳可达"千峰"之上,而且竟能"舞破中原",显然这是极度的夸张,是不可能的事,但这样写却并非不合情理。因为轻歌曼舞纵不能直接

"破中原",中原之破却实实在在是由统治者无尽无休地沉醉于歌舞造成。而且,非这样写不足以形容歌舞之盛,非如此夸张不能表现统治者醉生梦死的程度以及由此产生的国破家亡的严重后果。此外,这两句诗中"千峰上"同"下来"所构成的鲜明对照,力重千钧的"始"字的运用,都无不显示出诗人在遣词造句方面的深厚功力,有力地烘托了主题。正是深刻的思想内容与完美的表现手法,使之成为脍炙人口的名句。全诗到此戛然而止,更显得余味无穷。

读韩杜集

杜诗韩集愁来读，似倩麻姑痒处搔。
天外凤凰谁得髓，无人解合续弦胶。

【赏析】

"李杜泛浩浩，韩柳摩苍苍。近者四君子，与古争强梁！"(《冬至日寄小侄阿宜诗》)诗人对李白、杜甫、韩愈和柳宗元四位大诗人、大作家可谓推崇备至。他的诗受杜甫影响，在俊爽峭健中具有风华流美之致。清薛雪《一瓢诗话》赞曰："杜牧之晚唐翘楚，名作颇多，而恃才纵笔处亦不少。如《题宣州开元寺水阁》，直造老杜门墙，岂特人称小杜而已哉？"他的文力主"以意为主"，使韩愈所提倡的古文体，奥衍纵横，笔力健举。这首七绝宣示了诗人钻研杜、韩的心得，表达其倾慕、推重学之情。

前两句描叙愁中读杜、韩诗文的极度快感。杜诗韩笔，指杜甫的诗歌和韩愈的古文。《唐音癸签》云："杜牧有绝句云：'杜诗韩笔愁来读，似倩麻姑痒处搔。'称文为笔，始六朝人。《沈约传》云：'谢玄晖善为诗，任彦升工于笔，约兼而有之。'又梁简文帝《与湘东王书》论文章之弊，亦分诗与笔为言。牧所本也。"《文心雕龙》云："今之常言，有文有笔，以为无韵者笔也，有韵者文也。""愁来"，点明诗人研读杜诗韩笔时的心绪。安史乱后数十年来，藩镇割据，内战频仍，致使边防空虚，民生凋敝；而吐蕃统治者又占据河西、陇右，威胁京都，河陇人民长期受吐蕃奴隶主奴役之苦。这内忧外患，时刻萦绕在诗人心头，他怎能不愁从中来？这"愁"，是诗人抱负的流露、识见的外溢和正义感的迸泻。"愁来"读杜、韩，说明诗人与杜、韩灵犀相通。他从杜的沉郁顿挫和韩的精深博大中吸收了睿智、胆识和力量。理性的享受，心灵的快感，使他忽发奇想，恍若请古代神话中的麻姑仙女用那纤长的指甲搔着自己的痒处一样。麻姑搔痒，典出《神仙传》："麻姑手爪不似人形，皆似鸟爪。蔡经心言：'背大痒时，得此爪以爬背，当佳也。'"此典原意是蔡经悬想麻姑爪爬背上痒处，舒适、愉快；诗人移作搔心头痒处，酣畅、痛快。这匪夷所思的妙喻，是诗人兴到之笔，妙在信手拈来，兴味益然。

后两句喟叹杜、韩的杰作无人嗣响。诗人把杜、韩比作天外飞来的百鸟之王凤凰，赞叹、倾慕之情显然可见。"续弦胶"典出《十洲记》："凤麟洲在西海之中，洲四面弱水绕之，鸿毛不浮，不可越也。洲上有凤麟数万，各各为群，亦多仙家，煮凤喙及麟角合煎作胶，名之为续弦胶，此胶能续弓弩已断之弦。"这里不用"凤喙"而用"凤髓"，是特地将新意注入旧典。"髓"是"骨髓"、"精髓"。诗人感慨：有谁能得杜诗韩笔的精髓呢？可惜无人能像杜、韩那样，用如椽的巨笔写出史诗式的杰作了。"续弦胶"，又隐喻能逆挽晚唐倾颓之势的济世方略。日趋没落的晚唐社会犹如断弦的弓弩，其颓势已定。有谁能用凤髓制得续弦胶，把断了的弓弦续上呢？不明言"愁"，而其"愁"自见。这两句，上句设问，下句作答，一问一答，自成呼应，读来饶有韵味。

这首诗以愁起，以愁结，一前一尾，一显一隐，错落有致。诗中旧典活用，有言外之意，弦外之音，又使人回味不已。无论是题旨、意象，还是结构、语言，都呈现特异之处。《吟谱》云："杜牧诗主才，气俊思活。"以此观之，诚然。

送国棋王逢

玉子纹楸一路饶,最宜檐雨竹萧萧。

赢形暗去春泉长,拔势横来野火烧。

守道还如周伏柱,鏖兵不羡霍嫖姚。

得年七十更万日,与子期于局上销。

【赏析】

这是一首颇有趣味充满深情的送别诗。友人王逢是一位棋艺高超的围棋国手,于是诗人紧紧抓住这点,巧妙地从纹枰对弈一路出发,以爽健的笔力委婉深沉地抒写出自己的依依惜别之情。"玉子纹楸一路饶,最宜檐雨竹萧萧",起首即言棋,从令人难忘的对弈场景下笔,一下子便引发人悠悠缕缕的棋兴。"玉子纹楸",指棋子棋盘。苏鹗《杜阳杂俎》:"大中(唐宣宗年号,847—859年)中,日本王子来朝,王子善围棋,上敕顾师言待诏为对手。王子出楸玉局,冷暖玉棋子。云:'本国之东三万里,有集贤岛,岛上有凝霞台,台上有手谈池。池中生玉棋子,不由制度,自然黑白分明,冬温夏冷,故谓之冷暖玉。又产如楸玉,状类楸木,琢之为棋局,光洁可鉴。'""一路绕",绕一路的倒装,即让一子。友人是国手,难以对子而弈,故须相饶。杜牧是著名才子,善诗文词,亦善书画。所书《张好好诗》,董其昌称之为"深得六朝人气韵"(《渔洋诗话》);所画维摩像,米芾称其"光彩照人"(《画史》)。能让一子与国手对弈,说明他的棋艺也相当高。"最宜"二字,深情可见。"檐雨竹萧萧",暗明秋日。秋雨淅淅沥沥,修篁瑟瑟萧萧,窗下樽前,摆上精美的棋盘棋子,请艺候教,从容手谈,那是多么幽雅又令人惬意的棋境啊。

领联转入对枰上风光的描写上:"赢形暗去春泉长,拔势横来野火烧。"赢形,指棋形赢弱。这是赞美友人绝妙的棋艺,说他扶弱起危好比春泉淙淙流淌,潺湲不息,充满了生机;进攻起来突兀迅速,势如拔旗斩将,疾如野火燎原。比喻形象生动,三尺之局顿时充满活力,无比宽广,仿佛千里山河,铁马金戈,狼烟四起,阵云开阖。

颈联承前,使事言棋,赞叹友人的棋风:"守道还如周伏柱,鏖兵不羡霍嫖姚。"周伏柱,指老子,春秋时思想家,姓李名耳,字伯阳,又称老聃,曾做过周朝的柱下史,著《道德经》五千言,后被尊为道家创始人。霍嫖姚,即霍去病,汉武帝时名将,两次大破匈奴,屡建战功,曾为嫖姚校尉。这两句说王逢的棋动静相宜,攻防有序,稳健而凌厉。防御稳固,阵脚坚实,就像老子修道,以静制动,以无见有。进攻厮杀,首尾相应,战无不胜,较之霍去病鏖兵大漠,更加令人惊叹。围棋自来有兵家之戏的说法,如"略观围棋兮,法于用兵,三尺之局兮,为战斗场"(马融《围棋赋》),"世有围棋之戏,或言是兵法之类也"(桓谭《新论》)。杜牧喜好言兵,非常注重研究军事,曾在曹操注《孙子》兵法的基础上,结合历代用兵的形势虚实,重新注释《孙子》,还写了《战论》、《守论》、《原十六卫》等军事论文。这里以兵言棋正得棋中三昧。这四句淋漓兴会,极力渲染烘托,表现出友人高超的棋艺和自己真挚的友情。

诗意至此戛然而止,胜负如何呢?诗人未说,也无须说,因为纹枰手谈,大开眼界,大得棋趣,二人友情由此而深,由此而笃。于是笔锋一掉,转入送别正题:"得年七十更晚日,与子期于局上销。"所谓转入正题,不是正面接触,而是侧面揭示,以期代送。古人以七十为高寿,故多以七十为期。白居易《游悟真寺》:"我今四十余,从此终身闲,若以七十期,犹得三十年。"这两句即从白诗化出。杜牧作此诗时约四十余岁,若至七十,尚有万余日。因此他与王逢相约,要将这万余日时间,尽行于棋局上销用!杜牧素以济世之才自负,可由于不肯苟合,仕途并不顺,故尔常游心方罫,寄情楸枰,所谓"樽香轻泛数枝菊,檐影斜侵半局棋"(《题桐叶》),"雨暗残灯棋散后,酒醒孤枕雁来初"(《齐安郡晚秋》),"自怜穷律穷途客,正劫孤灯一局棋"(《寄李起居四韵》)等,正是这种围棋生活的反映。如今他遇上王逢这样棋艺高超,情投意合的棋友,该是多么欢乐啊。可是友人就要离去了,留下的将仅仅是"最宜檐雨竹萧萧"那种美好的回忆,是"别后竹窗风雪夜,一灯明暗复吴图"(《重送绝句》)的凄凉现实。因此这两句含蕴极丰,表面上是几多豪迈,几多欢快,实际上却暗寓着百般无奈和慨叹,抒发的离情别绪极为浓郁,极为深沉。

此诗送别,却通篇不言别,而且切人切事,不能移作他处,因此宋人有"此真赠国手诗也"(马永卿《懒真子》)的评语。全诗句句涉棋,而又不著一棋字,可说是占尽风流。起二句以造境胜,启人诸多联想。中间四句极好衬托,棋妙才更见别情之重。马永卿以贪怯作解,认为"棋贪必败,怯又无功。赢形暗去,则不贪也;猛势横来,则不怯也。周伏柱喻不贪,霍嫖姚以喻不怯"(同上),这未免过拘,难为知人之言。结末二句以余生相期作结,以期代送,其妙无穷,一方面入题,使前面的纹枰局势有了着落,一方面呼应前文,丰富了诗的意境。往日相得之情,今日惜别之情,来日思念之情,尽于一个"期"字见出,实在不同凡响。

杜牧诗集

兵部尚书席上作

华堂今日绮筵开,谁唤分司御史来。

忽发狂言惊满坐,两行红粉一时回。

【赏析】

　　这首诗作于大和九年(835年),最早见于唐孟棨《本事诗》,是一首朗吟于兵部尚书李司徒筵席上的即兴之作。《本事诗》"高逸第三"云:"杜为御史,分务洛阳时,李司徒罢镇闲居,声伎豪华,为当时第一。洛中名士,咸谒见之。李乃大开筵席,当时朝客高流,无不臻赴。以杜持宪,不敢邀致。杜遣座客达意,愿与斯会。李不得已,驰书。方对花独酌,亦已酣畅,闻命遽来。时会中已饮酒,女奴百余人,皆绝艺殊色。杜独坐南向,睅目注视,引满三卮,问李云:'闻有紫云者,孰是?'李指示之。杜凝睇良久,曰:'名不虚传,宜以见惠。'李俯而笑,诸妓亦皆回首破颜。杜又自饮三爵,朗吟而起曰:'华堂今日绮筵开,谁唤分司御史来?忽发狂言惊满座,两行红粉一时回。'意气闲逸,旁若无人。"对诗的本事所记很详,有助于理解其意蕴。

　　华丽的厅堂,盛美的筵席,烘托出今日非同一般的节日氛围。主人的华贵气派,宾客的名士身份,均在不言之中。虽则是"罢镇闲居",李司徒的摆设、排场,仍不愧是"当时第一"。诗人当时任职洛阳,是分司东都的监察御史,官位显赫,李司徒不敢随便邀请他莅临"声伎豪华"的私宴。只是在诗人派人向他表示希望参加的意向后,李司徒才不得已相邀。了解这层背景,就能体会"谁唤"二字实在有着强烈的调侃意味。照理说,李司徒设筵相邀,客人自然是他"唤"来的。但是,事实上却是诗人自己要来的,李司徒则是被迫而为。倘若果真要寻究是"谁唤分司御史来"的话,实在不如说是"绝艺殊色"的歌伎"唤"他来的。这劈空一问,如异峰突起,使诗情徒现戏剧性变化。诗人自不无几分得意,李司徒则被将了一军,处于十分尴尬的境地。诗人接到李司徒"驰书"相邀时，正好"对花独酌，亦已酣畅"，仗着几分酒意，匆促赴筵，当然更肆无忌惮。他"独坐南向"，一副傲然不群的意态；"瞪目注视"歌艺超群、姿色绝佳的歌伎，连饮满酒三杯，询问李司徒"闻有紫云者，孰是？"原来他是爱慕歌伎紫云之名而来。李司徒指给他看，他居然当众索讨名妓。唐突、轻狂，无怪乎满座宾客皆惊骇不已。李司徒"俯首而笑"，无言可答；两边百余名粉墨献艺的歌伎也一下子"回首破颜"，忍俊不禁了。诗人却又连饮三杯，朗吟而起。他即席高声吟唱的，就是此诗。"意气闲逸，旁若无人"，好一个风流俊爽、仪态非凡的诗人才子！

诗人登第后在扬州当幕僚时，曾以"十年一觉扬州梦，赢得青楼薄幸名"（《遣怀》）的诗句，对往日放浪形骸、沉湎酒色的生活表示自嘲和追悔。诗人借酒索妓，从一个侧面反映了封建社会的痼习。而即席吟诗，出口成章，捕捉住当时的场景、氛围，人物神情、意态，为寻芳猎艳留下真实的自我写照，又使人想起曹植七步为诗的风度。全诗率口而成，不假雕饰而自有神韵，表明诗人在风流不羁的"轻狂"之外，富有神奇俊迈的杰出才华。

沈下贤

斯人清唱何人和,草径苔芜不可寻。

一夕小敷山下梦,水如环佩月如襟。

【赏析】

这是唐宣宗大中四年(850年),杜牧任湖州刺史时,追思凭吊中唐著名文人沈亚之的诗作。亚之字下贤,吴兴(即湖州)人,元和十年(815年)登进士第,工诗能文,善作传奇小说。他的《湘中怨解》《异梦录》《秦梦记》等传奇,幽缈顽艳,富于神话色彩和诗的意境,在当时别具一格。李贺、杜牧、李商隐对他都很推重。杜牧这首极富风调美的绝句,表达了他对亚之的仰慕。

首句"斯人清唱何人和",以空灵夭矫之笔咏叹而起。斯人,指题中的沈下贤。清唱,指沈的诗歌,着一"清"字,其诗作意境的清迥拔俗与文辞的清新秀朗一齐写出。全句亦赞亦叹,既盛赞下贤诗歌的格清调逸,举世无与比肩;又深慨其不为流俗所重,并世难觅同调。

沈下贤一生沉沦下僚,落拓不遇。其生平事迹,早就不为人知。当杜牧来到下贤家乡吴兴的时候,其旧日的遗迹已不复存留。"草径苔芜不可寻",这位"吴兴才人"的旧居早已青苔遍地,杂草满径,淹没在一片荒凉之中了。生前既如此落寞,身后又如此凄清,这实在是才士最大的悲哀,也是社会对他们最大的冷落。"清唱"既无人和,遗迹又不可寻,诗人的凭吊悲慨之意,景仰同情之感,已经相当充分地表达出来,三、四两句,就从"不可寻"进一步引发出"一夕小敷山下梦"来。

小敷山又叫福山,在湖州乌程县西南二十里,是沈下贤旧居所在地。旧居遗迹虽"草径苔芜不可寻",但诗人的怀想追慕之情却悠悠不尽,难以抑止,于是便引出"梦寻"来——"一夕小敷山下梦,水如环珮月如襟。"诗人的梦魂竟在一天晚上来到了小敷山下,在梦境中浮现的,只有鸣声玲琤的一脉清流和洁白澄明的一弯素月。这梦境清寥高洁,极富象征色彩。"水如环珮",是从声音上设喻,柳宗元《小石潭记》:"隔篁竹闻水声,如鸣佩环。"月下闻水之清音,可以想见其清莹澄澈。"月如襟",是从颜色上设喻,足见月色的清明皎洁。这清流与明月,似乎是这位前辈才人修洁的衣饰,令人宛见其清寥的身影;又像是他那清丽文采和清迥诗境的外化,令人宛闻其高唱的清音孤韵;更像是他那高洁襟怀品格的象征,令人宛见其孤高寂寞的诗魂。"襟",古代指衣的交领,引申为襟怀。杜牧《题池州弄水亭》诗云:"光洁疑可揽,欲以襟怀贮。"光洁的水色可揽以贮怀,如水的月光自然也可作为高洁襟怀的象征了。所以,这"月如襟",既是形容月色皎洁如襟,又是象征襟怀皎洁如月。这样地回环设喻,彼此相映,融比兴象征为一体,在艺术上确是一种创造。李贺的《苏小小墓》诗,借"草如茵,松如盖,风为裳,水为珮"的想像,画出了一个美丽深情的芳魂,杜牧的这句诗,则画出了一个高洁的诗魂。如果说前者更多地注重形象的描绘,那么后者则更多地侧重于意境与神韵,对象不同,笔意也就有别。

这是交织着深情仰慕和深沉悲慨的追思凭吊之作。它表现了沈下贤的生前寂寞、身后凄清的境遇,也表现了他的诗格与人格。但通篇不涉及沈下贤的生平行事,也不作任何具体的评赞,而是借助于咏叹、想像、幻梦和比兴象征,构成空灵蕴藉的诗境,让读者通过这种境界,在自己心中想象出沈下贤的高标逸韵。全篇集中笔墨反复渲染一个"清"字:从"清唱何人和"的寂寞到"草径苔芜"的凄清,到"水如环珮月如襟"的清寥梦境,一意贯穿,笔无旁骛。这样把避实就虚和集中渲染结合起来,才显得虚而传神。

长安秋望

楼倚霜树外，镜天无一毫。

南山与秋色，气势两相高。

【赏析】

这是一曲高秋的赞歌。题为"长安秋望"，重点却并不在最后的那个"望"字，而是赞美远望中的长安秋色。"秋"的风貌才是诗人要表现的直接对象。

首句点出"望"的立足点。"楼倚霜树外"的"倚"，是倚立的意思，重在强调自己所登的高楼巍然屹立的姿态；"外"，是"上"的意思。秋天经霜后的树，多半木叶黄落，越发显出它的高耸挺拔，而楼又高出霜树之上，在这样一个立足点上，方能纵览长安高秋景物的全局，充分领略它的高远澄洁之美。所以这一句实际上是全诗的出发点和基础，没有它，也就没有"望"中所见的一切。

次句写望中所见的天宇。"镜天无一毫"，是说天空明净澄洁得像一面纤尘不染的镜子，没有一丝阴翳云彩。这正是秋日天宇的典型特征。这种澄洁明净到近乎虚空的天色，又进一步表现了秋空的高远寥廓，同时也写出了诗人当时那种心旷神怡的感受和高远澄净的心境。

"南山与秋色，气势两相高。"第三句转笔写到远望中的终南山。将它和"秋色"相比，说远望中的南山，它那峻拔入云的气势，像是要和高远无际的秋色一赛高低。

南山是具体有形的个别事物，而"秋色"却是抽象虚泛的，是许多带有秋天景物特点的具体事物的集合与概括，二者似乎不好比拟。而此诗却别出心裁地用南山衬托秋色。秋色是很难描写的，它存在于秋天的所有景物里，而且不同的作者对秋色有不同的观赏角度和感受，有的取其凄清萧瑟，有的取其明净澄洁,有的取其高远寥廓。这首诗的作者显然偏于欣赏秋色之高远无极,这是从前两句的描写中可以明显看出的。但秋之"高"却很难形容尽致(在这一点上,和写秋之"凄"、之"清"很不相同),特别是它那种高远无极的气势更是只可意会,难以言传。在这种情况下,以实托虚便成为有效的艺术手段。具体有形的南山,衬托出了抽象虚泛的秋色,读者通过"南山与秋色,气势两相高"的诗句,不但能具体地感受到"秋色"之"高",而且连它的气势、精神和性格也若有所悟了。

这首诗的好处,还在于它在写出长安高秋景色的同时写出了诗人的精神性格。它更接近于写意画。高远、寥廓、明净的秋色,实际上也正是诗人胸怀的象征与外化。特别是诗的末句,赋予南山与秋色一种峻拔向上的动态,这就更鲜明地表现出了诗人的性格气质,也使全诗在跃动的气势中结束,留下了充分的想象余地。

晚唐诗往往流于柔媚绮艳,缺乏清刚遒健的骨骼。这首五言短章却写得意境高远,气势健举,和盛唐诗人王之涣的《登鹳雀楼》有神合之处,尽管在雄浑壮丽、自然和谐方面还不免略逊一筹。

杜牧诗集

将赴吴兴登乐游原一绝

清时有味是无能,闲爱孤云静爱僧。

欲把一麾江海去,乐游原上望昭陵。

【赏析】

在唐人七绝中,也和在整个古典诗歌中一样,以赋、比二体写成的作品较多,兴而比或全属兴体的较少。杜牧这首诗采用了"托事于物"的兴体写法,称得上是一首"言在此而意在彼"、"言已尽而意有余"的名篇。

这首诗是作者于宣宗大中四年(850 年)将离长安到湖州(即吴兴,今浙江湖州市)任刺史时所作。乐游原在长安城南,地势高敞,可以眺望,是当时的游览胜地。

杜牧不但长于文学,而且具有政治、军事才能,渴望为国家作出贡献。当时他在京城里任吏部员外郎,投闲置散,无法展其抱负,因此请求出守外郡。对于这种被迫无所作为的环境,他当然是很不满意的。诗从安于现实写起,反言见意。武宗、宣宗时期,牛李党争正烈,宦官擅权,中央和藩镇及少数民族政权之间都有战斗,何尝算得上"清时"? 诗的起句不但称其时为"清时",而且进一步指出,既然如此,没有才能的自己,倒反而可以借此藏拙,这是很有意趣的。次句承上,点明"闲"与"静"就是上句所指之"味"。而以爱孤云之闲见自己之闲,爱和尚之静见自己之静,这就把娴静之味这样一种抽象的感情形象地显示了出来。

第三句一转。汉代制度,郡太守一车两幡。幡即旌麾之类。唐时刺史略等于汉之太守。这句是说,由于在京城抑郁无聊,所以想手持旌麾,远去江海(湖州北面是太湖和长江,东南是东海,故到湖州可云去江海)。第四句再转。昭陵是唐太宗的陵墓,在长安西边礼泉县的九嵕山。古人离开京城,每每多所眷恋,如曹植诗:"顾瞻恋城阙,引领情内伤。"(《赠白马王彪》)杜甫诗:"无才日衰老,驻马望千门。"(《至德二载,自京金光门出。乾元初,有悲往事》)都是传诵人口之句。但此诗写登乐游原不望皇宫、城阙,也不望其他已故皇帝的陵墓,而独望昭陵,则是别有深意的。唐太宗是唐代、也是我国封建社会中杰出的皇帝。他建立了大唐帝国,文治武功,都很煊赫;而知人善任,唯贤是举,则是他获得成功的重要因素之一。诗人登高纵目,西望昭陵,就不能不想起当前国家衰败的局势,自己娴静的处境来,而深感生不逢时之可悲可叹了。诗句虽然只是以登乐游原起兴,说到望昭陵,戛然而止,不再多写一字,但其对祖国的热爱,对盛世的追怀,对自己无所施展的悲愤,无不包括在内。写得既深刻,又简练;既沉郁,又含蓄,真所谓"称名也小,取类也大"。

润州二首(其一)

向吴亭东千里秋,放歌曾作昔年游。

青苔寺里无马迹,绿水桥边多酒楼。

大抵南朝皆旷达,可怜东晋最风流。

月明更想桓伊在,一笛闻吹《出塞》愁。

【赏析】

这是杜牧游览江南时写的诗。润州,治所在今江苏镇江。向吴亭在丹阳县南面。

首句起势恢弘。诗人登上向吴亭,极目东望,茫茫千里,一片清秋景色,给人一种极荒忽无际的感觉。诗人的万端思绪,便由登览而触发,大有纷至沓来之势。

诗从眼前的景色写起,再一笔宕开,追忆起昔年游览的情形。"放歌"二字可见当年酣舞狂歌的赏心乐事,如今旧地重游,恰逢惹愁的高秋季节,神往之中隐含着往事不再的悲哀。这一联,一景一情,写诗人初上亭来的所见、所感,并点出时间、地点、事由。

领联没有续写昔年游览的光景,而是以不尽尽之,把思路从昔年拉回到眼前。承首句写诗人下亭游览时所见的景物。润州系东晋、南朝时的重镇,也是当时士人们嬉游的繁华都会。"青苔"二句,一写先朝遗寺的荒凉冷落,一写河边酒楼盛景依旧,对仗十分工整。从写法上看,本来是寺里长满青苔,桥下荡漾绿水,诗人却故意颠倒语序,把鲜明的色彩放在句头,突出一衰一盛的对比,形象地反映了润州一带风物人情的沧桑变化,这就为下一联抒发思古之情创造了条件。

颈联再转,让思路从眼前出发,漫游时空,飞跃到前代。诗人由眼前的遗寺想到东晋、南朝,又由酒楼想到曾在这里嬉游过的先朝士人,巧妙地借先朝士人的生活情事而寄慨。东晋、南朝的士人,旷达风流曾为一时美谈,可是他们在历史的舞台上都不过是匆匆的过客而已,只留下虚名为后人所企羡。中间两联由览物而思古,充满着物在人空的无限哀婉之意。

诗人似乎长时间地沉浸在遐想中,直到日落月出,江面传来一声愁笛,才把他从沉思中唤醒。诗用"月明"表明时间的推移,以见沉思之久。"更想"的"更"字,则有无限低回往复多情之意。然而这一联的妙处,尤在其意境的深远。秋夜月明,清冷凄迷,忽然传来《出塞》曲的悲怨笛声,又给诗增添了一层苍凉哀切的气氛。诗人由笛声而更想到东晋"尽一时之妙,为江左第一"的吹笛好手桓伊,他要借桓伊的笛声来传达心中的无限哀愁。丰富的想象,把时隔数百载的人事勾连起来,使历史与现实,今人与古人,眼前的景物与心中的情事,在时空上浑然融为一体。因此,诗虽将无穷思绪以一"愁"字了结,却给人以跌宕回环、悠悠不已之感。

这首诗所抒发的,不过是封建知识分子因不得志所产生的人生无常的悲慨,但在艺术上却很有特色。诗忽而目前,忽而昔年,忽而往古,忽而现在,忽而杂糅今古;忽而为一己哀愁,忽而为千古情事,忽而熔二者于一炉;挥洒自如,放纵不羁,在时空上和感情的表达上跳跃性极大。前人评杜牧的诗"气俊思活",由此可见一斑。

题扬州禅智寺

雨过一蝉噪，飘萧松桂秋。

青苔满阶砌，白鸟故迟留。

暮霭生深树，斜阳下小楼。

谁知竹西路，歌吹是扬州。

【赏析】

唐文宗开成二年（837年），杜牧的弟弟患眼病寄居扬州禅智寺。当时，杜牧任监察御史，分司东都洛阳，得知消息，即携眼医石生赴扬州探视。唐制规定："职事官假满百日，即合停解。"杜牧因假逾百日而离职。此诗着意写禅智寺的静寂，和诗人忧弟病、伤前程的黯然心境不无关系。

"雨过一蝉噪，飘萧松桂秋。"从"蝉"和"秋"这两个字来看，其时当为初秋，那时蝉噪本已嘶哑，"一蝉噪"，就更使人觉得音色的凄咽；在风中摇曳的松枝、桂树也露出了萧瑟秋意。诗人在表现这一耳闻目睹的景象时，用意遣词都十分精细。"蝉噪"反衬出禅智寺的静，静中见闹，闹中见静。秋雨秋风则烘托出禅智寺的冷寂。

接着，诗人又从视觉角度写静。"青苔满阶砌，白鸟故迟留。"台阶长满青苔，则行人罕至；寺内白鸟徘徊，不愿离去，则又暗示寺的空寂人稀。青苔、白鸟，似乎是所见之物，信手拈来，却使人倍觉孤单冷落。

"暮霭生深树，斜阳下小楼。"从明暗的变化写静。禅智寺树林茂密，阳光不透，夕阳西下，暮霭顿生。于浓荫暮霭的幽暗中见静。"斜阳下小楼"，从暗中见明来反补一笔，颇得锦上添花之致。透过暮霭深树，看到一抹斜阳的余辉，使人觉得禅智寺冷而不寒，幽而不暗。然而，这毕竟是"斜阳"，而且是已"下小楼"的斜阳。这种反衬带来的效果却是意外的幽，格外的暗，分外的静。

　　至此,诗人通过不同的角度展示出禅智寺的幽静,似乎文章已经做完。然而,忽又别开生面,把热闹的扬州拉出来作陪衬:"谁知竹西路,歌吹是扬州。"禅智寺在扬州的东北,静坐寺中,秋风传来远处扬州的歌吹之声,诗人感慨系之:身处如此歌舞喧闹、市井繁华的扬州,却只能在静寂的禅智寺中凄凉度日,"冠盖满京华,斯人独憔悴"的伤感油然而生,不可遏止,写景中暗含着诗人多少身世感受、凄凉情怀。

　　这首诗写扬州禅智寺的静,开头用静中一动衬托,结尾用动中一静突出,一开篇,一煞尾,珠联璧合,相映成趣,艺术构思是十分巧妙的。

杜牧诗集

江南春绝句

千里莺啼绿映红,水村山郭酒旗风。

南朝四百八十寺,多少楼台烟雨中。

【赏析】

这首《江南春》,千百年来素负盛誉。四句诗,既写出了江南春景的丰富多彩,也写出了它的广阔、深邃和迷离。

"千里莺啼绿映红,水村山郭酒旗风。"诗一开头,就像迅速移动的电影镜头,掠过南国大地:辽阔的千里江南,黄莺在欢乐地歌唱,丛丛绿树映着簇簇红花;傍水的村庄、依山的城郭、迎风招展的酒旗,一一在望。迷人的江南,经过诗人生花妙笔的点染,显得更加令人心旌摇荡了。摇荡的原因,除了景物的繁丽外,恐怕还由于这种繁丽,不同于某处园林名胜,仅仅局限于一个角落,而是由于这种繁丽是铺展在大块土地上的。因此,开头如果没有"千里"二字,这两句就要减色了。但是,明代杨慎在《升庵诗话》中说:"千里莺啼,谁人听得? 千里绿映红,谁人见得? 若作十里,则莺啼绿红之景,村郭、楼台、僧寺、酒旗,皆在其中矣。"对于这种意见,何文焕在《历代诗话考索》中曾驳斥道:"即作十里,亦未必尽听得着,看得见。题云《江南春》,江南方广千里,千里之中,莺啼而绿映焉,水村山郭无处无酒旗,四百八十寺楼台多在烟雨中也。此诗之意既广,不得专指一处,故总而命曰《江南春》……"何文焕的说法是对的,这是出于文学艺术典型概括的需要。同样的道理也适用于后两句。"南朝四百八十寺,多少楼台烟雨中。"从前两句看,莺鸟啼鸣,红绿相映,酒旗招展,应该是晴天的景象,但这两句明明写到烟雨,是怎么回事呢? 这是因为千里范围内,各处阴晴不同,也是完全可以理解的。不过,还需要看到的是,诗人运用了典型化的手法,把握住了江南景物的特征。江南特点是山重水复,柳暗花明,色调错综,层次丰富而有立体感。诗人在缩千里于尺幅的同时,着重表现了江南春天掩映相衬、丰富多彩的美丽景色。诗的前两句,有红绿色彩的映衬,有山水的映衬,村庄和城郭的映衬,有动静的映衬,有声色的映衬。但光是这些,似乎还不够丰富,还只描绘出江南春景明朗的一面。所以诗人又加上精彩的一笔:"南朝四百八十寺,多少楼台烟雨中。"金碧辉煌、屋宇重重的佛寺,本来就给人一种深邃的感觉,现在诗人又特意让它出没掩映于迷蒙的烟雨之中,这就更增加了一种朦胧迷离的色彩。这样的画面和色调,与"千里莺啼绿映红,水村山郭酒旗风"的明朗绚丽相映,就使得这幅"江南春"的图画变得更加丰富多彩。"南朝"二字更给这幅画面增添悠远的历史色彩。"四百八十"是唐人强调数量之多的一种说法。诗人先强调建筑宏丽的佛寺非止一处,然后再接以"多少楼台烟雨中"这样的唱叹,就特别引人遐想。

这首诗表现了诗人对江南景物的赞美与神往。但有的研究者提出了"讽刺说",认为南朝皇帝在中国历史上是以佞佛著名的,杜牧的时代佛教也是恶性发展,而杜牧又有反佛思想,因之末二句是讽刺。其实,解诗首先应该从艺术形象出发,而不应该作抽象的推论。杜牧反对佛教,并不等于对历史上遗留下来的佛寺建筑也一定讨厌。他在宣州,常常去开元寺等处游玩。在池州也到过一些寺庙,还和僧人交过朋友。著名的诗句,像"九华山路云遮寺,青弋江边柳拂桥","秋山春雨闲吟处,倚遍江南寺寺楼",都说明他对佛寺楼台还是欣赏流连的。当然,在欣赏的同时,偶尔浮起那么一点历史感慨也是可能的。

杜牧诗集

送隐者一绝

无媒径路草萧萧,自古云林远市朝。

公道世间唯怕发,贵人头上不曾饶。

【赏析】

南宋胡仔《苕溪渔隐丛话》云:"牧之云:'无媒径路草萧萧,自古云林远市朝。公道世间惟白发,贵人头上不曾饶。'罗邺云:'芳草和烟暖更青,闲门要路一时生。年年点检人间事,惟有春风不世情。'余尝以此二诗作一联云:'白发惟公道,春风不世情。'盖穷人不偶,即兴之作。"他别具独眼地拈出杜、罗二诗予以比较,又颇有创意地概括出"白发惟公道,春风不世情"一联,揭出二诗共同旨意,令人击节叹服。但细味诗意,"穷人不偶,遣兴之作"八字评语,实在未搔着痒处。殊不知小杜绝非一般"遣兴",他揭露世间不平,呼吁社会公道,情绪正无比激越、慷慨。

首两句从隐者的居所和处境着笔,称扬隐者的德行。"无媒"语出《韩诗外传》:"士不中道相见,女无媒而嫁者,君子不行也。"原意女子因无人为媒难以出嫁,这里指士子因无人推荐、引见而无法用于世。正因为无汲引者问津,隐者门可罗雀,屋前小路长满了荒草,一片萧索冷落。"草萧萧"暗用汉代张仲蔚事。据《高士传》载,张仲蔚"善属文,好诗赋,闭门养性,不治荣名"。透过萧萧荒草,一个安于索居的隐者形象呼之欲出。"云林",高入云中的山林,这里指隐者隐之处。市朝,指交易买卖场所和官府治事所在。自古以来,隐者乐于洁身自好,有意避开这些争权夺利的尘嚣地,"退不丘壑,进不市朝,怡然自守,荣辱不及"(《周书·薛端传》)。清心寡欲,恬淡自适,诗人对隐者的洁行高志,流溢出钦羡、称颂之情。

末两句从白发落墨,生发健拔高昂的议论。"白发三千丈,缘愁似个长",白发与忧愁有着不解之缘。隐者"无媒",因而怀才不遇。社会的压抑使他产生忧愁,难以驱逐的忧愁又使他早生华发。他叹息英雄无用武之地,痛恨扼杀人才的社会势力,呼吁世间公道。诗人充分理解隐者的心境,他与隐者灵犀相通,命运与共,对人世、对社会有着相同的见解。他以为,世间只有白发最公道,即使是达官贵人的头上也照常不误,决不饶过。不受财富摆布,不向权贵拜倒,不阿谀,不徇私,一切都公平合理,这就是人间的公道。诗中"唯"字,包含言外之意:除了白发,人世间再没有公道可言。社会不公正,在诗人笔下得到深刻的揭露和无情的针砭。这是理性的批判,是对当时整个社会现实的有力鞭笞。

全诗随情感的流动、意绪的变化而呈现不同的节奏和语势:前两句如静静溪流平和舒缓,后两句如滔滔江潮激荡喷涌。批斥的锋芒直指不公道的封建社会制度,议论警动,憎爱分明,痛快淋漓而又不乏机智幽默。

题宣州开元寺水阁阁下宛溪夹溪居人

六朝文物草连空,天淡云闲今古同。

鸟去鸟来山色里,人歌人哭水声中。

深秋帘幕千家雨,落日楼台一笛风。

惆怅无因见范蠡,参差烟树五湖东。

【赏析】

这首七律写于唐文宗开成年间。当时杜牧任宣州(今安徽宣城)团练判官。宣城城东有宛溪流过,城东北有秀丽的敬亭山,风景优美。南朝诗人谢朓曾在这里做过太守,杜牧在另一首诗里称为"诗人小谢城"。城中开元寺(本名永乐寺),建于东晋时代,是名胜之一。杜牧在宣城期间经常来开元寺游赏赋诗。这首诗抒写了诗人在寺院水阁上,俯瞰宛溪,眺望敬亭时的古今之慨。

诗一开始写登临览景,勾起古今联想,造成一种笼罩全篇的气氛:六朝的繁华已成陈迹,放眼望去,只见草色连空,那天淡云闲的景象,倒是自古至今,未发生什么变化。这种感慨固然由登临引起,但联系诗人的经历看,还有更深刻的内在因素。诗人此次来宣州已经是第二回了。八年前,沈传师任宣歙观察使(治宣州)的时候,他曾在沈的幕下供职。这两次的变化,如他自己所说:"我初到此未三十,头脑钅炙利筋骨轻。""重游鬓白事皆改,惟见东流春水平。"(《自宣州赴官入京,路逢裴坦判官归宣州,因题赠》)这自然要加深他那种人世变易之感。这种心情渗透在三、四两句的景色描写中:敬亭山像一面巨大的翠色屏风,展开在宣城的近旁,飞鸟来去出没都在山色的掩映之中。宛溪两岸,百姓临河夹居,人歌人哭,掺和着水声,随着岁月一起流逝。这两句似乎是写眼前景象,写"今",但同时又和"古"相沟通。飞鸟在山色里出没,固然是向来如此,而人歌人哭,也并非某一片刻的景象。"歌哭"

语出《礼记·檀弓》："晋献文子成室,张老曰:'美哉轮焉!美哉奂焉!歌于斯,哭于斯,聚国族于斯。'""歌哭"言喜庆丧吊,代表了人由生到死的过程。"人歌人哭水声中",宛溪两岸的人们就是这样世世代代聚居在水边。这些都不是诗人一时所见,而是平时积下的印象,在登览时被触发了。接下去两句,展现了时间上并不连续却又每每使人难忘的景象:一是深秋时节的密雨,像给上千户人家挂上了层层的雨帘;一是落日时分,夕阳掩映着的楼台,在晚风中送出悠扬的笛声。两种景象:一阴一晴;一朦胧,一明丽。在现实中是难以同时出现的。但当诗人面对着开元寺水阁下这片天地时,这种虽非同时,然而却是属于同一地方获得的印象,汇集复合起来了,从而融合成一个对宣城、对宛溪的综合而长久性的印象。这片天地,在时间的长河里,就是长期保持着这副面貌吧?这样,与"六朝文物草连空"相映照,那种文物不见、风景依旧的感慨,自然就愈来愈强烈了。客观世界是持久的,歌哭相迭的一代代人生却是有限的。这使诗人沉吟和低回不已,于是,诗人的心头浮动着对范蠡的怀念,无由相会,只见五湖方向,一片参差烟树而已。五湖指太湖及与其相属的四个小湖,因而也可视作太湖的别名。从方位上看,它们是在宣城之东。春秋时范蠡曾辅助越王勾践打败吴王夫差,功成之后,为了避免越王的猜忌,乘扁舟归隐于五湖。

他徜徉在大自然的山水中,为后人所艳羡。诗中把宣城风物,描绘得很美,很值得流连,而又慨叹六朝文物已成过眼云烟,大有无法让人生永驻的感慨。这样,游于五湖享受着山水风物之美的范蠡,自然就成了诗人怀恋的对象了。

诗人的情绪并不高,但把客观风物写得很美,并在其中织入"鸟去鸟来山色里"、"落日楼台一笛风"这样一些明丽的景象,诗的节奏和语调轻快流走,给人爽利的感觉。明朗、健爽的因素与低回惆怅交互作用,在这首诗里体现出了杜牧诗歌的所谓拗峭的特色。

宣州送裴坦判官往舒州时牧欲赴官归京

日暖泥融雪半销,行人芳草马声骄。

九华山路云遮寺,清弋江村柳拂桥。

君意如鸿高的的,我心悬旆正摇摇。

同来不得同归去,故国逢春一寂寥。

【赏析】

这首诗在写景上很成功,从中可以领略到古代诗词中写景的种种妙用。

此诗作于开成四年(839 年)春,在宣州(治所在今安徽宣城)做官的杜牧即将离任,回京任职。他的朋友、在宣州任判官的裴坦要到舒州(治所在今安徽潜山)去,诗人便先为他送行,并赋此诗相赠。且看它是怎样着笔的吧:

"日暖泥融雪半销,行人芳草马声骄。"诗一出手,就用明快的色调,简洁的笔触,勾画出一幅"春郊送别图":一个初春的早晨,和煦的太阳照耀着大地,积雪大半已消融,解冻的路面布满泥泞,经冬的野草发出了新芽,原野上一片青葱。待发的骏马兴奋地踢着蹄,打着响鼻,又不时仰头长嘶,似乎在催促主人上路……这两句诗不只是写景而已,它还交代了送行的时间、环境,渲染了离别时的氛围。

三、四两句又展示了两幅美景:"九华山路云遮寺,清弋江村柳拂桥。"一幅是悬挂在云雾缭绕的九华山路旁,寺宇时隐时现。九华山是中国佛教四大名山之一,有"佛国仙城"之称。山在池州青阳(今属安徽)西南,为宣州去舒州的必经之处。"九华山路"暗示裴坦的行程。一幅是眼前绿水环抱的青弋江村边,春风杨柳,轻拂桥面。青弋江在宣城西,江水绀碧,景色优美。"清弋江村",点明送别地点。"云遮寺","柳拂桥",最能体现地方风物和季节特色,同时透出诗人对友人远行的关切和惜别时的依恋之情。这里以形象化描绘代替单调冗长的叙述,语言精练优美,富有韵味。两句一写山间,一写水边,一写远,一写近,静景中包含着动态,画面形象而鲜明,使人有身临其境的感觉。以上四句通过写景,不露痕迹地介绍了环境,交代了送行的时间和地点,暗示了事件的进程,手法是十分高妙的。后面四句,借助景色的衬托,抒发惜别之情,更见诗人的艺术匠心。

"君意如鸿高的的,我心悬旆正摇摇",叙写行者与送行者的不同心境。的,是鲜明的样子。裴坦刚中进士不久,春风得意,踌躇满志,像鸿雁那样展翅高飞。所以,尽管在离别的时刻,也仍然乐观、开朗。而杜牧的心情是两样的。他宦海浮沉,不很得意。现在要与好友离别,临歧执手,更觉"心摇摇然如悬旆而无所终薄"(《史记·苏秦传》),一种空虚无着、怅然若失的感觉油然而生。

最后两句把"送裴坦"和自己将要"赴官归京"两重意思一齐绾合,写到:"同来不得同归去,故国逢春一寂寥!"两人原来是一起从京城到宣州任职的,现在却不能一同回去了,想到在这风光明媚的春日里,只身回到京城以后,将会感到多么寂寞啊!

诗的前半部分环境描写与后半部分诗人惆怅心情构成强烈对比:江南的早春,空气是那样清新,阳光是那样明亮,芳草是那样鲜美,人(裴坦)是那样倜傥风流,热情自信,周围一切都包含着生机,充满了希望;而自己呢?并没有因此感到高兴,反而受到刺激,更加深了内心的痛苦。这里是以江南美景反衬人物的满腹愁情。花鸟画中有一种"背衬"的技法,就是在画绢的背面著上洁白的铅粉,使正面花卉的色彩越发娇艳动人。这首诗写景入妙,也正是用的这种"反衬"手法。

杜牧诗集

题武关

碧溪留我武关东，一笑怀王迹自穷。

郑袖娇娆酣似醉，屈原憔悴去如蓬。

山墙谷堑依然在，弱吐强吞尽已空。

今日圣神家四海，戍旗长卷夕阳中。

【赏析】

这是一首咏史诗。开成四年(839年)，杜牧由宣州赴长安，途经武关时，吊古伤今，感叹时事，写下了这首《题武关》。

武关，在今陕西省丹凤县东南，战国时秦置。作为千古形胜之地，诗人跋涉至此，不能不驻足凭吊一番。所以首联开门见山，叙述诗人来到了武关的东边，清清溪水从眼前汩汩流过，好像在向行人诉说着前朝的史事；举目眺望，可笑当年那昏庸怯懦的怀王入关投秦，一去不返，如今除了关塞依旧，没有留下任何遗迹。这里诗人用拟人的艺术手法，把自己在武关的盘桓说成是"碧溪"的相留，这就将诗情十分自然地转到对这一历史陈迹的临风联想上来。

"一笑怀王迹自穷"，是诗人对怀王的悲剧结局的嘲弄，其中更有对怀王其人其事的感叹、痛恨和反思。因此，颔联紧承这一脉络，以历史家的严峻和哲学家的深邃具体地分析了"怀王迹自穷"的根源。楚怀王原任命屈原为左徒，内政外交均很信任他。后来由于上官大夫的诬陷，怀王渐渐疏离了屈原。秦国见有隙可乘，就派张仪至楚，以重金收买了上官大夫靳尚之流，并贿赂了怀王稚子子兰和宠姬郑袖，逸害屈原。怀王在郑袖、靳尚等一群佞臣小人的包围下，终于走上绝齐亲秦的道路，放逐了屈原。最后怀王为秦伏兵所执而客死秦国。此后楚国国运日益衰败，一蹶不振。从这段历史可以看到，怀王的悲剧结局完全是由于他亲小人、疏贤臣的糊涂昏庸所致，是咎由自取，罪有应得。因此，诗人在颔联中以形象化的语言，极为深刻地揭示了这一内在的根源。这两句诗对比强烈，内涵丰富。郑袖"娇娆"，可见其娇妒、得宠之态，而"酣似醉"，足见怀王对她的宠幸和放纵；屈原"憔悴"，可见其形容枯槁、失意之色，而"去如蓬"，足见屈原遭放逐后到处流落、无所依归的漂泊生涯。诗人正是通过小人得势、贤臣见弃这一形象的对比，婉转而深刻地指责了怀王的昏聩，鞭挞了郑袖的惑主，以及痛惜屈原的被逐。由此思之，诗人在瞻眺武关时，面对"怀王迹自穷"的现实，怎么能不付之一笑呢！

颈联在构思上是个转折，从对历史的沉思、叙述过渡到抒发眼前的感喟。如桅杆耸立的峰峦，似壕沟深长的山谷依然存在，而弱肉强食七国争雄的局面却像过眼烟云尽已成空。诗人通过对江山依旧、人事全非的慨叹，说明"兴废由人事，山川空地形"（刘禹锡《金陵怀古》）的历史教训。楚怀王正是因为在人事上的昏庸才导致了丧师失地、身死异国的悲剧。从这一意义来说，这一联的感慨实际上是对上联所叙述史事的寓意的进一步延伸。

最后，诗人的眼光再次落到武关上。如今天子神圣，四海一家，天下统一；武关上长风浩荡，戍旗翻卷，残阳如血。这一联是全诗的出发点。杜牧不但才华横溢，而且具有远大的政治抱负，他的理想社会就是盛唐时期统一、繁荣的社会。但是晚唐时期，尽管形式上维持着统一的局面，实际上，中央王朝在宦官专权、朋党交争的局面下势力日益衰败，地方藩镇势力日益强大，几乎形成了"无地不藩，无藩不叛"的局面。这怎么能不使怀有经邦济世之志和忧国忧民之心的诗人忧心忡忡呢？面对唐王朝渐趋没落的国运，诗人站在武关前，思绪万千。于是对历史的反思，对现实的忧思，一齐涌上心头，形于笔底。他希望唐王朝统治者吸取楚怀王的历史教训，任人唯贤，励精图治，振兴国运。同时也向那些拥兵割据的藩镇提出了警戒，不要凭恃山川地形的险峻，破坏国家统一的局面；否则，不管弱吐强吞，其结局必将皆成空。这首诗起于武关，落于武关，将与武关相连的特定的历史情节和山川形胜的自然背景构筑在一起，上下千年，思绪纵横，立意深沉而含蕴。

登池州九峰楼寄张祜

百感中来不自由,角声孤起夕阳楼。

碧山终日思无尽,芳草何年恨即休?

睫在眼前长不见,道非身外更何求。

谁人得似张公子,千首诗轻万户侯。

【赏析】

宋人计有功的《唐诗纪事》载:"杜牧之守秋浦,与祜游,酷吟其宫词。亦知乐天有非之之论。乃为诗曰:睫在眼前人不见,道非身外更何求?谁人得似张公子,千首诗轻万户侯。"可知此诗系有感于白居易之非难张祜而发。长庆年间(821—824 年),白居易为杭州刺史,张祜请他贡举自己去长安应进士试。白居易出题面试,把张祜置于徐凝之下,使颇有盛名的张祜大为难堪。杜牧事后得知,也很愤慨。会昌五年(845 年)秋天,张祜从丹阳寓地来到池州看望出任池州刺史的杜牧。两人遍游境内名胜,以文会友,交谊甚洽。此诗即作于此次别后。诗人把自己对白居易的不满与对张祜的同情、慰勉和敬重,非常巧妙而有力地表现了出来。

这首诗纯乎写情,旁及景物,也无非为了映托感情。第一句用逆挽之笔,倾泻了满腔感喟。众多的感慨一齐涌上心头,已经难于控制了。"角声"句势遒而意奇,为勾起偌多感叹的"诱因"。这一联以先果后因的倒装句式,造成突兀、警耸的艺术效果。"孤起"二字,警醒峻拔,高出时流甚远。一样的斜阳画角,用它一点染,气格便觉异样,似有一种旷漠、凄咽的情绪汩汩从行间流出。角声本无所谓孤独,是岑寂的心境给它抹上了这种感情色彩。行旧地,独凭栏杆,自然要联想到昔日同游的欢乐,相形之下,更显得独游的凄黯了。三、四句承上而来,抒发别情。对面的青山——前番是把臂同游的处所;夹道的芳草——伴随着友人远去天涯。翠峰依旧,徒添知己之思;芳草连天,益增离别之恨。离思是无形的,把它寄寓在路远山长的景物中,便显得丰满、具体,情深意长了。"芳草"又是贤者的象征。《楚辞·九章·思美人》云:"惜吾不及古人兮,吾谁与玩此芳草。"即以之比有德君子。诗人正是利用这种具有多层意蕴的词语暗示读者,引发出丰富的联想来,思致活泼,宛转关情。五、六两句思笔俱换,由抽绎心中的怀想,转为安慰对方。目不见睫,喻人之无识,这是对白居易的微词。"道非身外",称颂张祜诗艺之高,有道在身,又何必向别处追求呢?这是故作理趣语,来慰藉自伤沦落的诗友。自此,诗的境界为之一换,格调也迥然不同,可见作者笔姿的灵活多变。七、八句就此更作发挥。"谁人得似"即无人可比之意,推崇之高,无以复加。末句"千首诗轻万户侯"补足"谁人得似"句意,大开大合,结构严谨。在杜牧看来,张祜把诗歌看得比高官厚禄更重,有谁及得上他的清高豁达呢?

这首诗结响遒劲,由后向前,层层揭起,恰似倒卷帘栊,一种如虹意气照彻全篇,化尽涕洟,并成酣畅。这种旋折回荡的艺术腕力,是很惊人的。

一首诗里表现出这么复杂的感情,有纷挈的怅触,绵渺的情思,气类的感愤,理趣的阐发和名士所特具的洒脱与豪纵。风骨铮铮,穷极变化。喜怒言笑,都是杜牧的自家面目。小杜的俊迈、拗峭,深于感慨的诗风,于此也可略窥究竟了。

九日齐山登高

江涵秋影雁初飞,与客携壶上翠微。

尘世难逢开口笑,菊花须插满头归。

但将酩酊酬佳节,不用登临恨落晖。

古往今来只如此,牛山何必独沾衣。

【赏析】

这首诗是唐武宗会昌五年(845 年)杜牧任池州刺史时的作品。"江涵秋影雁初飞,与客携壶上翠微。"重阳佳节,诗人和朋友带着酒,登上池州城东南的齐山。江南的山,到了秋天仍然是一片青色,这就是所谓翠微。人们登山,仿佛是登在这一片可爱的颜色上。由高处下望江水,空中的一切景色,包括初飞来的大雁的身影,都映在碧波之中,更显得秋天水空的澄肃。诗人用"涵"来形容江水仿佛把秋景包容在自己的怀抱里,用"翠微"这样美好的词来代替秋山,都流露出对于眼前景物的愉悦感受。这种节日登临的愉悦,给诗人素来抑郁不舒的情怀,注入了一股兴奋剂。"尘世难逢开口笑,菊花须插满头归。"他面对着秋天的山光水色,脸上浮起了笑容,兴致勃勃地折下满把的菊花,觉得应该插个满头归去,才不辜负这一场登高。诗人意识到,尘世间像这样开口一笑,实在难得,在这种心境支配下,他像是劝客,又像是劝自己:"但将酩酊酬佳节,不用登临恨落晖"——斟起酒来喝吧,只管用酩酊大醉来酬答这良辰佳节,无须在节日登临时为夕阳西下、为人生迟暮而感慨、怨恨。这中间四句给人一种感觉:诗人似乎想用偶然的开心一笑,用节日的醉酒,来掩盖和消释长期积在内心中的郁闷,但郁闷仍然存在着,尘世终归是难得一笑,落晖毕竟就在眼前。于是,诗人进一步安慰自己:"古往今来只如此,牛山何必独沾衣。"春秋时,齐景公游于牛山,北望国都临淄流泪说:"若何滂滂去此而死乎!"诗人由眼前所登池州的齐山,联想到齐景公的牛山坠泪,认为像"登临恨落晖"所感受到的那种人生无常,是古往今来尽皆如此的。既然并非今世才有此恨,又何必像齐景公那样独自伤感流泪呢?

有人认为这首诗是将"抑郁之思以旷达出之",从诗中的确可以看出情怀的郁结,但诗人倒不一定是故意用旷达的话来表现他的苦闷,而是在登高时交织着抑郁和欣喜两种情绪。诗人主观上未尝不想用节日登高的快慰来排遣抑郁。篇中"须插"、"但将"、"不用"以及"何必"等词语的运用,都可以清楚地让人感受到诗人情感上的挣扎。至于实际上并没真正从抑郁中挣扎出来,那是另一回事。

诗人的愁闷何以那样深、那样难以驱遣呢?除了因为杜牧自己怀有很高的抱负而在晚唐的政治环境中难以得到施展外,还与这次和他同游的人,也就是诗中所称的"客"有关。这位"客"不是别人,正是诗人张祜,他比杜牧年长,而且诗名早著。穆宗时令狐楚赏识他的诗才,曾上表推荐,但由于受到元稹的排抑,未能见用。这次张祜从江苏丹阳特地赶来拜望杜牧。杜牧对他的被遗弃是同情的,为之愤愤不平。因此诗中的抑郁,实际上包含了两个人怀才不遇、同病相怜之感。这才是诗人无论怎样力求旷达,而精神始终不佳的深刻原因。

诗人的旷达,在语言情调上表现为爽利豪宕;诗人的抑郁,表现为"尘世难逢开口笑"、"不用登临恨落晖"、"牛山何必独沾衣"的凄恻低回,愁情拂去又来,愈排遣愈无能为力。这两方面的结合,使诗显得爽快健拔而又含思凄恻。

齐安郡中偶题二首(其一)

两竿落日溪桥上,半缕轻烟柳影中。

多少绿荷相倚恨,一时回首背西风。

【赏析】

这首诗标明"偶题",应是一首即景抒情之作。诗人在秋风乍起的季节、日已偏西的时光,把偶然进入视线的溪桥上、柳岸边、荷池中的景物,加以艺术剪裁和点染,组合成一幅意象清幽、情思蕴结地画图。在作者的妙笔下,画意与诗情是完美地融为一体的。

诗的首句"两竿落日溪桥上",点明时间和地点。时间是"两竿落日",则既非在红日高照之下,也非在暮色苍茫之中。在读者眼前展开的这幅画中的光线和亮度是柔和宜目的。地点是"溪桥上",则说明诗人行吟之际,既非漫步岸边,也非泛舟溪面,这为后三句远眺岸上柳影、俯视水上绿荷定了方位。

诗的次句"半缕轻烟柳影中",写从溪桥上所见的岸柳含烟之景。诗人的观察极其细微,用词也极其精确。这一句中的"半缕轻烟"与上句中的"两竿落日",不仅在字面上属对工整,而且在理路上有其内在联系。正因日已西斜,望中的岸柳才会含烟;又因落日究竟还有两竿之高,就不可能是朦胧弥漫的一片浓烟,只可能是若有若无的"半缕轻烟";而且,这"半缕轻烟"不可能浮现在日光照到之处,只可能飘荡在"柳影"笼罩之中。

这前两句诗纯写景物,但从诗人所选中的落日、烟柳之景,读者自会感到:画面的景色不是那么明快,而是略带暗淡的;诗篇的情调不是那么开朗,而是略带感伤的。这是为引逗出下半首的绿荷之"恨"而安排的合色的环境气氛。

诗的三、四两句"多少绿荷相倚恨,一时回首背西风",写从溪桥上所见的荷叶受风之状。这两句诗,除以问语"多少"两字领起,使诗句呈现与所写内容相表里的风神摇曳之美外,上句用"相倚"两字托出了青盖亭亭、簇拥在水面上的形态,而下句则在"回首"前用了"一时"两字,传神入妙地摄取了阵风吹来、满溪荷叶随风翻转这一刹那间的动态。在古典诗词中,可以摘举不少写风荷的句子,其中最为人所熟知的是周邦彦《苏幕遮》词"叶上初阳干宿雨,水面清圆,一一风荷举"几句。王国维在《人间词话》中称赞这几句词是"真能得荷之神理者"。而如果只取其一点来比较,应当说,杜牧的这两句诗把风荷的形态写得更为飞动,不仅笔下传神,而且字里含情。

这里,诗人既在写景之时"随物以宛转"(《文心雕龙·物色篇》),刻画入微地曲尽风荷的形态、动态;又在感物之际"与心而徘徊"(同上),别有所会地写出风荷的神态、情态。当然,风荷原本无情,不应有恨。风荷之恨是从诗人的心目中呈现的。诗人把自己的感情贯注到无生命的风荷之中,带着自己感情色彩去看风荷"相倚"、"回首"之状,觉得它们似若有情,心怀恨事,因而把对外界物态的描摹与自我内情的表露,不期而然地融合为一。这里,表面写的是绿荷之恨,实则物中见我,写的是诗人之恨。

那么,这首诗中的诗人之恨是什么呢?

南唐中主李璟有首《摊破浣溪沙》词,下半阕换头两句"细雨梦回鸡塞远,小楼吹彻玉笙寒",历来为人所传诵。王国维在《人间词话》中却认为,这两句不如它的上半阕开头两句"菡萏香销翠叶残,西风愁起绿波间",并赞赏其"大有众芳芜秽,美人迟暮之感"。而原词接下来还有两句是:"还与韶光共憔悴,不堪看。"这几句词以及王国维的赞语,正可以作杜牧这两句诗的注脚。联系杜牧的遭遇来看,其所表现的就是这样一种芳时不再、美人迟暮之恨。杜牧是一个有政治抱负和主张的人,而不幸生在唐王朝的没落时期,平生志事,百无一筹,这时又受到排挤,出为外官,怀着壮志难酬的隐痛,所以在他的眼底、笔下,连眼前无情的绿荷,也仿佛充满哀愁了。

齐安郡后池绝句

菱透浮萍绿锦池，夏莺千啭弄蔷薇。
尽日无人看微雨，鸳鸯相对浴红衣。

【赏析】

这是一首画面优美、引人入胜的小诗。它把读者引入一座幽静无人的园林，在蒙蒙丝雨的笼罩下，有露出水面的菱叶、铺满池中的浮萍，有穿叶弄花的鸣莺、花枝离披的蔷薇，还有双双相对的浴水鸳鸯。诗人把这些生机盎然、杂呈眼底的景物，加以剪裁，组合成诗，使人好似看到了一幅清幽而妍丽的画图。诗的首句"菱透浮萍绿锦池"和末句"鸳鸯相对浴红衣"，描画的都是池面景，点明题中的"后池"。次句"夏莺千啭弄蔷薇"，描画的是岸边景。这是池面景的陪衬，而从这幅池塘夏色图的布局来看，又是必不可少的。至于第三句"尽日无人看微雨"，虽然淡淡写来，却是极为关键的一句，它为整幅画染上一层幽寂、迷蒙的色彩。句中的"看"字，则暗暗托出观景之人。四句诗安排得错落有致，而又融会为一个整体，给人以悦目赏心的美感。

这首诗之使人产生美感，还因为它的设色多彩而又协调。刘勰在《文心雕龙·物色篇》中指出"摘表五色，贵在时见"，并举"《雅》咏棠华，或黄或白，《骚》述秋兰，绿叶紫茎"为例。这首绝句在色彩的点染上，交错使用了明笔与暗笔。"绿锦池"、"浴红衣"，明点绿、红两色；"菱"、"浮萍"、"莺"、"蔷薇"，则通过物体暗示绿、黄两色。出水的菱叶和水面的浮萍都是翠绿色，夏莺的羽毛是嫩黄色，而初夏开放的蔷薇花也多半是黄色。就整个画面的配色来看，第一句在池面重叠覆盖上菱叶和浮萍，好似织成了一片绿锦。第二句则为这片绿锦绣上了黄鸟、黄花。不过，这样的色彩配合也许素净有余而明艳不足，因此，诗的末句特以鸳鸯的红衣为画面增添光泽，从而使画面更为醒目。

这首诗还运用了以动表静、以声响显示幽寂的手法。它所要表现的本是一个极其静寂的环境,但诗中不仅有禽鸟浴水、弄花的动景,而且还让蔷薇丛中传出一片莺声。这样写,并没有破坏环境的静寂,反而显得更静寂。这是因为,动与静、声与寂,看似相反,其实相成。王籍《入若耶溪》诗"蝉噪林逾静,鸟鸣山更幽"二句,正道破了这一奥秘。

这首诗通篇写景,但并不是一首单纯的写景诗,景中自有人在,自有情在。三、四两句是全篇关目。第三句不仅展示一个"尽日无人"的环境,而且隐然还有一位尽日看雨之人,其百无聊赖的情状是可以想见的。句中说"看微雨",其实,丝雨纷纷,无可寓目,可寓目的应是菱叶、浮萍、池水、鸣莺、蔷薇。而其人最后心目所注却是池面鸳鸯的相对戏水。这对鸳鸯更映衬出看雨人的孤独必然使他见景生情,生发许多联想、遐想。可与这首诗参读的有焦循《秋江曲》:"早看鸳鸯飞,暮看鸳鸯宿。鸳鸯有时飞,鸳鸯有时宿。"两诗妙处都在不道破注视鸳鸯的人此时所想何事,所怀何情,而篇外之意却不言自见。对照两诗,杜牧的这首诗可能更空灵含蓄,更有若即若离之妙。

题齐安城楼

鸣轧江楼角一声,微阳潋潋落寒汀。

不用凭栏苦回首,故乡七十五长亭。

【赏析】

唐时每州都有一个郡名(因高祖武德元年改隋郡为州,玄宗天宝元年又改州为郡,肃宗时复改为州,所以有这种情况),"齐安"则是黄州的郡名。诗当作于武宗会昌初作者出守黄州期间。

这首宦游思乡之作,赞许者几乎异口同声地称引其末句。明人杨慎说:"大抵牧之诗,好用数目垛积,如'南朝四百八十寺'、'二十四桥明月夜'、'故乡七十五长亭'是也。"(《升菴诗话》)清王渔洋更说:"唐诗如'故乡七十五长亭'、'红阑四百九十桥',皆妙,虽'算博士'何妨!……高手驱使自不觉也。"(《带经堂诗话》)说它数字运用颇妙,确不乏见地;兹再予申论如下。

此诗首句"鸣轧(一作鸣咽)江楼角一声","一声"两字很可玩味。本是暮角声声,断而复连,只写"一声"也就是第一声,显然是强调它对诗中人影响甚著。他一直高踞城楼,俯临大江,凭栏回首,远眺通向乡关之路。正出神之际,忽然一声角鸣,使他不由蓦然惊醒,这才发现天色已晚,夕阳已沉没水天之际。这就写出一种"苦回首"的情态。象声词"鸣轧",用在句首,正造成似晴空一声雷的感觉。

由于写"一声"就产生一个特殊的情节,与"吹角当城片月孤"一类写景抒情诗句同中有异。鸣咽的角声又造成一种凄凉气氛,那"潋潋"的江水,黯淡无光的夕阳,水中的汀洲,也都带有几分寒意。"微"、"寒"等字均著感情色彩,写出了望乡人的主观感受。

暮色苍茫,最易牵惹乡思离情。诗人的故家在长安杜陵,长安在黄州西北。"回首夕阳红尽处,应是长安。"(宋张舜民《卖花声》)"微阳潋潋落寒汀",正是西望景色。而三句却作转语说:"不用凭栏苦回首",似是自我劝解,因为"故乡七十五长亭",即使回首又岂能望尽这迢递关山?这是否定的语势,实际上形成唱叹,起着强化诗情的作用。

按唐时计量,黄州距长安两千二百五十五里(《通典》卷一八三),驿站恰合"七十五"之数(古时三十里一驿,每驿有亭)。但这里的数字垛积还别有妙处,它以较大数目写出"何处是归程,长亭更短亭"的家山遥远的情景,修辞别致;而只见归程,不见归人,意味深长。从音节(顿)方面看,由于运用数字,使末句形成"二三二"的特殊节奏(通常应为"二二三"),声音的拗折传达出凭栏者情绪的不平静,又是一层妙用。

唐代有的诗人也喜堆垛数字,如骆宾王,却不免被讥为"算博士"。考其原因,乃因其数字的运用多是为了属对方便,过露痕迹,用得又太多太滥,也就容易惹人生厌。而此诗数字之设,则出于表达情感的需要,是艺术上的别出心裁,所以驱使而令人不觉,真可夸口"虽'算博士'何妨"!

初冬夜饮

淮阳多病偶求欢，客袖侵霜与烛盘。

砌下梨花一堆雪，明年谁此凭栏干。

【赏析】

会昌二年(842年)，杜牧四十岁时，受当时宰相李德裕的排挤，被外放为黄州刺史，其后又转池州、睦州等地。此诗可能作于睦州。

"淮阳多病偶求欢"，淮阳，指西汉汲黯。汲黯因刚直敢言，屡次切谏，数被外放。在出任东海太守时，虽卧病不视事，而能大治。后又拜为淮阳太守，他流着泪对汉武帝说："臣尝有狗马之心，今病，力不能任郡事"(《汉书·汲黯传》)，要求留在京师，但遭拒绝。汲黯最后就死于淮阳。诗人以汲黯自比，正是暗示自己由于耿介直言而被排挤出京的。"偶求欢"的"欢"，指代酒，暗点诗题"饮"字，表明诗人愁思郁积，难以排遣，今夜只能借酒浇愁，以求得片刻慰藉。这一句语意沉痛而措辞委婉。第二句"客袖侵霜与烛盘"，进一步抒写作客他乡的失意情怀。天寒岁暮，秉烛独饮，吊影自伤，愤悱无告，更觉寂寞悲凉。"霜"，在这里含风霜、风尘之意，不仅与"初冬"暗合，更暗示作者心境的孤寒。"客袖"已见乡思之切，"侵霜"更增流徙之苦，只此四字，概括了多年来的游宦生涯，饱含了多少辛酸！"烛盘"，则关合题面中的"夜饮"，真是语不虚设。寥寥七字，勾勒出一个在烛光下自斟自饮、幽独苦闷的诗人形象。

上两句写室内饮酒，第三句忽然插入写景："砌下梨花一堆雪"，是颇具匠心的。看来诗人独斟独饮，并不能释忧解愁。于是他罢酒啜饮，凭栏而立，但见朔风阵阵，暮雪纷纷，那阶下积雪像是堆簇着的洁白的梨花。这里看似纯写景色，实则情因景生，寓情于景，包孕极为丰富。诗人烛下独饮，本已孤凄不堪，现在茫茫夜雪更加深了他身世茫茫之感，他不禁想到明年此时又不知身在何处!"明年谁此凭栏杆?"这一问,凝聚着诗人流转无定的困苦、思念故园的情思、仕途不遇的愤慨、壮志难酬的隐痛,是很能发人深思的。

　　此诗首句用典,点明独酌的原因,透露出情思的抑郁,有笼盖全篇的作用。次句承上实写夜饮,在叙事中进一步烘托忧伤凄婉的情怀。第三句一笔宕开,用写景衬垫一下,不仅使全诗顿生波澜,也使第四句的慨叹更其沉重有力。妙在最后又以问语出之,与前面三个陈述句相映照,更觉音情顿挫,唱叹有致,使结尾有如"撞钟",清音不绝。明胡震亨说:"牧之诗含思悲凄,流情感慨,抑扬顿挫之节,尤其所长。"玩味此诗,庶几如此。

中国古典名著精华

早 雁

金河秋半虏弦开,云外惊飞四散哀。

仙掌月明孤影过,长门灯暗数声来。

须知胡骑纷纷在,岂逐春风一一回。

莫厌潇湘少人处,水多菰米岸莓苔。

【赏析】

唐武宗会昌二年(842年)八月,北方少数民族回鹘乌介可汗率众向南侵扰。北方边地各族人民流离四散,痛苦不堪。杜牧当时任黄州刺史,听到这个消息,对边地人民的命运深为关注。八月是大雁开始南飞的季节,诗人目送征雁,触景感怀,因以"早雁"为题,托物寓意,以描写大雁四散惊飞,喻指饱受骚扰、流离失所的边地人民而寄予深切同情。

首联想像鸿雁遭射四散的情景。金河,在今内蒙古自治区呼和浩特市南,这里泛指北方边地。"虏弦开",是双关挽弓射猎和发动军事骚扰活动。这两句生动地展现出一幅边塞惊雁的活动图景:仲秋塞外,广漠无边,正在云霄展翅翱翔的雁群忽然遭到胡骑的袭射,立时惊飞四散,发出凄厉的哀鸣。"惊飞四散哀"五个字,从情态、动作到声音,写出一时间连续发生的情景,层次分明而又贯串一气,是非常真切凝练的动态描写。

颔联续写"惊飞四散"的征雁飞经都城长安上空的情景。汉代建章宫有金铜仙人舒掌托承露盘,"仙掌"指此。清凉的月色映照着宫中孤耸的仙掌,这景象已在静谧中显出几分冷寂;在这静寂的画面上又飘过孤雁缥缈的身影,就更显出境界之清寥和雁影之孤孑。失宠者幽居的长门宫,灯光黯淡,本就充满悲愁凄冷的气氛,在这种氛围中传来几声失群孤雁的哀鸣,就更显出境界的孤寂与雁鸣的悲凉。"孤影过"、"数声来",一绘影,一写声,都与上联"惊飞四散"相应,写的是失群离散、形单影只之雁。两句在情景的描写、气氛的烘染方面,极细腻而传神。透过这幅清冷孤寂的孤雁南征图,可以隐约感受到那个衰颓时代悲凉的气氛。诗人特意使惊飞四散的征雁出现在长安宫阙的上空,似乎还隐喻着委婉的讽慨。它让人感到,居住在深宫中的皇帝,不但无力、而且也无意拯救流离失所的边地人民。月明灯暗,影孤啼哀,整个境界,正透出一种无言的冷漠。

颈联又由征雁南飞遥想到它们的北归,说如今胡人的骑兵射手还纷纷布满金河一带地区,明春气候转暖时节,你们又怎能随着和煦的春风一一返回自己的故乡呢?大雁秋来春返,故有"逐春风"而回的设想,但这里的"春风"似乎还兼有某种比兴象征意义。据《资治通鉴》载,回鹘侵扰边地时,唐朝廷"诏发陈、许、徐、汝、襄阳等兵屯太原及振武、天德,俟来春驱逐回鹘"。朝廷上的"春风"究竟能不能将流离异地的征雁吹送回北方呢?大雁还在南征的途中,诗人却已想到它们的北返;正在哀怜它们的惊飞离散,却已想到它们异日的无家可归。这是对流离失所的边地人民无微不至的关切。"须知"、"岂逐",更像是面对边地流民深情嘱咐的口吻。两句一意贯串,语调轻柔,情致深婉。这种深切的同情,正与上联透露的无言的冷漠形成鲜明的对照。

流离失所、欲归不得的征雁,何处是它们的归宿?"莫厌潇湘少人处,水多菰米岸莓苔。"潇湘指今湖南中部、南部一带。相传雁飞不过衡阳,所以这里想像它们在潇湘一带停歇下来。菰米,是一种生长在浅水中的多年生草本植物的果实(嫩茎叫茭白)。莓苔,是一种蔷薇科植物,子红色。这两种东西都是雁的食物。诗人深情地劝慰南飞的征雁:不要厌弃潇湘一带空旷人稀,那里水中泽畔长满了菰米莓苔,尽堪作为食料,不妨暂时安居下来吧。诗人在无可奈何中发出的劝慰与嘱咐,更深一层地表现了对流亡者的深情体贴。由南征而想到北返,这是一层曲折;由北返无家可归想到不如在南方寻找归宿,这又是一层曲折。通过层层曲折转跌,诗人对边地人民的深情系念也就表达得愈加充分和深入。"莫厌"二字,担心南来的征雁也许不习惯潇湘的空旷孤寂,显得蕴藉深厚,体贴备至。

这是一首托物寓慨的诗。通篇采用比兴象征手法,表面上似乎句句写雁,实际上,它句句写时事,句句写人。风格婉曲细腻,清丽含蓄。而这种深婉细腻又与轻快流走的格调和谐地统一在一起,在以豪宕俊爽为主要特色的杜牧诗中,是别开生面之作。

屏风绝句

屏风周昉画纤腰，岁久丹青色半销。

斜倚玉窗鸾发女，拂尘犹自妒娇娆。

【赏析】

周昉是约早于杜牧一个世纪，活跃在盛唐、中唐之际的画家，善画仕女，精描细绘，层层敷色。头发的勾染、面部的晕色、衣着的装饰，都极尽工巧之能事。相传《簪花仕女图》是他的手笔。杜牧此诗所咏的"屏风"上当有周昉所作的一幅仕女图。

"屏风周昉画纤腰"，"纤腰"二字是有特定含义的诗歌语汇，能给人特殊的诗意感受。它既是美人的同义语，又能给人以字面意义外的形象感，使得一个亭亭玉立、丰满而轻盈的美人宛然若在。实际上，唐代绘画雕塑中的女子，大都体型丰腴，并有周昉画美人多肥的说法。倘把"纤腰"理解为楚宫式的细腰，固然呆相；若硬要按事实改"纤腰"作"肥腰"，那就更只能使人瞠目了。说到"画纤腰"，尚未具体描写，出人意外，下句却成"岁久丹青色半销"，由于时间的侵蚀，屏风人物画已非旧观了。这似乎是令人遗憾的一笔，但作者却因此巧妙地避开了对画中人作正面的描绘。

"荷马显然有意要避免对物体美作细节的描绘，从他的诗里几乎没有一次偶然听说到海伦的胳膊白，头发美，但是荷马却知道怎样让人体会到海伦的美。"（莱辛《拉奥孔》）杜牧这里写画中人，也有类似的手段。他从画外引入一个"鸾发女"。据《初学记》，鸾为凤凰幼雏。"鸾发女"当是一贵家少女。从"玉窗"、"鸾发"等字，暗示出她的"娇娆"之态。但斜倚玉窗、拂尘观画的她，却完全忘记她自个儿的"娇娆"，反在那里"妒娇娆"（即妒忌画中人）。"斜倚玉窗"，是从少女出神的姿态写画中人产生的效果，而"妒"字进一步从少女心理上写出那微妙的效果。它竟能叫一位妙龄妖娆的少女怅然自失，

"还有什么比这段叙述能引起更生动的美的印象呢？凡是荷马(此处请读作杜牧)不能用组成部分来描写的,他就使我们从效果上去感觉到它。诗人呵,替我把美所引起的热爱和欢欣(按:也可是妒忌)描写出来,那你就把美本身描绘出来了。"(《拉奥孔》)

从美的效果来写美,《陌上桑》就有成功的运用。然而杜牧《屏风绝句》依然有其独创性。"来归相怨怒,但坐观罗敷",是从异性相悦的角度,写普通人因见美人而惊讶自失;"拂尘犹自妒娇娆",则从同性相"妒"的角度,写美人见更美者而惊讶自失。二者颇异其趣,各有千秋。此外,杜牧写的是画中人,而画,又是"丹青色半销"的画,可它居然仍有如此魅力(诗中"犹自"二字,语带赞叹),则周昉之画初成时,曾给人何等新鲜愉悦的感受呢! 这是一种"加倍"手法,与后来王安石"低回顾影无颜色,尚得君王不自持"(《明妃曲》)的名句机心暗合。它使读者从想象中追寻画的旧影,比直接显现更隽永有味。

诗和画有共同的艺术规律,也有各自不同的特点。一般说来,直观形象的逼真显现是画之所长,诗之所短。所以,"手如柔荑,肤如凝脂,领如蝤蛴,齿如瓠犀,螓首蛾眉",穷形尽相的描写并不见佳;而"巧笑倩兮,美目盼兮",从动态写来,便有画所难及处;而从美的效果来写美,更是诗之特长。《屏风绝句》写画而充分发挥了诗的特长,就是它艺术上的主要成功之所在。

赤　壁

折戟沉沙铁未销，自将磨洗认前朝。
东风不与周郎便，铜雀春深锁二乔。

【赏析】

这首诗是作者经过赤壁（即今湖北省武昌县西南赤矶山）这个著名的古战场，有感于三国时代的英雄成败而写下的。诗以地名为题，实则是怀古咏史之作。

发生于汉献帝建安十三年（208 年）十月的赤壁之战，是对三国鼎立的历史形势起着决定性作用的一次重大战役。其结果是孙、刘联军击败了曹军，而二十四岁的孙吴军统帅周瑜，乃是这次战役中的头号风云人物。

诗篇开头借一件古物来兴起对前朝人物和事迹的概叹。在那一次大战中遗留下来的一支折断了的铁戟，沉没在水底沙中，经过了六百多年，还没有被时光销蚀掉，现在被人发现了。经过自己一番磨洗，鉴定了它的确是赤壁战役的遗物，不禁引起了"怀古之幽情"。由这件小小的东西，诗人想到了汉末那个分裂动乱的时代，想到那次重大意义的战役，想到那一次生死搏斗中的主要人物。这前两句是写其兴感之由。

后两句是议论。在赤壁战役中，周瑜主要是用火攻战胜了数量上远远超过己方的敌人，而其能用火攻则是因为在决战的时刻，恰好刮起了强劲的东风，所以诗人评论这次战争成败的原因，只选择当时的胜利者周郎和他倚以致胜的因素东风来写，而且因为这次胜利的关键，最后不能不归到东风，所以又将东风放在更主要的地位上。但他并不从正面来描摹东风如何帮助周郎取得了胜利，却从反面落笔：假使这次东风不给周郎以方便，那么，胜败双方就要易位，历史形势将完全改观。因此，接着就写出假想中曹军胜利，孙、刘失败之后的局面。但又不直接铺叙政治军事情势的变迁，而只间接地描绘两个东吴著名美女将要承受的命运。如果曹操成了胜利者，那么，大乔和小乔就必然要被抢去，关在铜雀台上，以供他享受了（铜雀台在邺县，邺是曹操封魏王时魏国的都城，故地在今河北省临漳县西）。

后来的诗论家对于杜牧在这首诗中所发表的议论,也有一番议论。宋人《彦周诗话》云:"杜牧之作《赤壁》诗,……意谓赤壁不能纵火,为曹公夺二乔置之铜雀台上也。孙氏霸业,系此一战。社稷存亡,生灵涂炭都不问,只恐被捉了二乔,可见措大不识好恶。"这一既浅薄而又粗暴的批评,曾经引起许多人的反对。如《四库提要》云:"讥杜牧《赤壁》诗为不说社稷存亡,唯说二乔,不知大乔乃孙策妇,小乔为周瑜妇,二人入魏,即吴亡可知。此诗人不欲质言,故变其词耳。"这话说得很对。正因为这两位女子,并不是平常的人物,而是属于东吴统治阶级中最高阶层的贵妇人。大乔是东吴前国主孙策的夫人,当时国主孙权的亲嫂,小乔则是正在带领东吴全部水陆兵马和曹操决一死战的军事统帅周瑜的夫人。她们虽与这次战役并无关系,但她们的身份和地位,代表着东吴作为一个独立政治实体的尊严。东吴不亡,她们绝不可能归于曹操;连她们都受到凌辱,则东吴社稷和生灵的遭遇也就可想而知了。所以诗人用"铜雀春深锁二乔"这样一句诗来描写在"东风不与周郎便"的情况之下,曹操胜利后的骄恣和东吴失败后的屈辱,正是极其有力的反照,不独以美人衬托英雄,与上句周郎互相辉映,显得更有情致而已。

诗的创作必须用形象思维,而形象性的语言则是形象思维的直接现实。如果按照那种意见,我们也可以将"铜雀春深锁二乔"改写成"国破人亡在此朝",平仄、韵脚虽然无一不合,但一点诗味也没有了。用形象思维观察生活,别出心裁地反映生活,乃是诗的生命。杜牧在此诗里,通过"铜雀春深"这一富于形象性的诗句,即小见大,这正是他在艺术处理上独特的成功之处。

另外,有的诗论家也注意到了此诗过分强调东风的作用,又不从正面歌颂周瑜的胜利,却从反面假想其失败,如何文焕《历代诗话考索》云:"牧之之意,正谓幸而成功,几乎家国不保。"王尧衢《古唐诗合解》也说:"杜牧精于兵法,此诗似有不足周郎处。"这些看法,都是值得加以考虑的。杜牧有经邦济世之才,通晓政治军事,对当时中央与藩镇、汉族与吐蕃的斗争形势,有相当清楚的了解,并曾经向朝廷提出过一些有益的建议。如果说,孟轲在战国时代就已经知道"天时不如地利,地利不如人和"的原则,而杜牧却还把周瑜在赤壁战役中的巨大胜利,完全归之于偶然的东风,这是很难想象的。他之所以这样地写,恐怕用意还在于自负知兵,借史事以吐其胸中抑郁不平之气。其中也暗含有阮籍登广武战场时所发出的"时无英雄,使竖子成名"那种慨叹在内,不过出语非常隐约,不容易看出来罢了。

泊秦淮

烟笼寒水月笼沙,夜泊秦淮近酒家。

商女不知亡国恨,隔江犹唱《后庭花》。

【赏析】

　　建康是六朝都城,秦淮河穿过城中流入长江,两岸酒家林立,是当时豪门贵族、官僚士大夫享乐游宴的场所。唐王朝的都城虽不在建康,然而秦淮河两岸的景象却一如既往。

　　有人说作诗"发句好尤难得"(严羽《沧浪诗话》)。这首诗中的第一句就是不同凡响的,那两个"笼"字就很引人注目。烟、水、月、沙四者,被两个"笼"字和谐地融合在一起,绘成一幅极其淡雅的水边夜色。它是那么柔和幽静,而又隐含着微微浮动流走的意态,笔墨是那样轻淡,可那迷蒙冷寂的气氛又是那么浓。首句中的"月、水",和第二句的"夜泊秦淮"是相关联的,所以读完第一句,再读"夜泊秦淮近酒家",就显得很自然。但如果就诗人的活动来讲,该是先有"夜泊秦淮",方能见到"烟笼寒水月笼沙"的景色,不过要真的掉过来一读,反而会觉得平板无味了。现在这种写法的好处是:首先它创造出一个很具有特色的环境气氛,给人以强烈的吸引力,造成先声夺人的艺术效果,这是很符合艺术表现的要求的。其次,一、二句这么处理,就很像一幅画的画面和题字的关系。平常人们欣赏一幅画,往往是先注目于那精彩的画面(这就犹如"烟笼寒水月笼沙"),然后再去看那边角的题字(这便是"夜泊秦淮")。所以诗人这样写也是颇合人们艺术欣赏的习惯。

　　"夜泊秦淮近酒家",看似平平,却很值得玩味。这句诗内里的逻辑关系是很强的。由于"夜泊秦淮"才"近酒家"。然而,前四个字又为上一句的景色点出时间、地点,使之更具有个性,更具有典型意义,同时也照应了诗题;后三个字又为下文打开了道路,由于"近酒家",才引出"商女"、"亡国恨"、

"后庭花",也由此才触动了诗人的情怀。因此,从诗的发展和情感的抒发来看,这"近酒家"三个字,就像启动了闸门,那江河之水便汩汩而出,滔滔不绝。这七个字承上启下,网络全篇,诗人构思得细密、精巧,于此可见。

　　商女,是侍候他人的歌女。她们唱什么是由听者的趣味而定,可见诗说"商女不知亡国恨",乃是一种曲笔,真正"不知亡国恨"的是那座中的欣赏者——封建贵族、官僚、豪绅。《后庭花》,即《玉树后庭花》,据说是南朝荒淫误国的陈后主所制的乐曲,这靡靡之音,早已使陈朝寿终正寝了。可是,如今又有人在这衰世之年,不以国事为怀,反用这种亡国之音来寻欢作乐,这怎能不使诗人产生历史又将重演的隐忧呢!"隔江"二字,承上"亡国恨"故事而来,指当年隋兵陈师江北,一江之隔的南朝小朝廷危在旦夕,而陈后主依然沉湎声色。"犹唱"二字,微妙而自然地把历史、现实和想象中的未来串成一线,意味深长。"商女不知亡国恨,隔江犹唱《后庭花》",于婉曲轻利的风调之中,表现出辛辣的讽刺,深沉的悲痛,无限的感慨,堪称"绝唱"。这两句表达了较为清醒的封建知识分子对国事怀抱隐忧的心境,又反映了官僚贵族正以声色歌舞、纸醉金迷的生活来填补他们腐朽而空虚的灵魂,而这正是衰败的晚唐现实生活中两个不同侧面的写照。

中国古典名著精华

秋浦途中

萧萧山路穷秋雨,淅淅溪风一岸蒲。

为问寒沙新到雁,来时还下杜陵无。

【赏析】

秋浦,即今安徽贵池,唐时为池州州治所在。会昌四年(844年)杜牧由黄州刺史移任池州刺史,正是凉秋九月,与"穷秋"句合,此诗似即为这次行役而发。两年前,杜牧受李德裕排挤,由户部员外郎外放黄州刺史,现在又改调池州,转徙于僻左小邑间,这对于渴望刷新朝政、干一番事业的诗人来说,自然是痛苦的。他的这种心绪,也曲折地表现在这首诗中。

这首七绝以韵取胜,妙在如淡墨一点,而四围皆到。诗人把自己的感情密含在风景的描写中,并不明白说出,却能给人以至深的回味。一、二两句采用对起之格,这在绝句中是不多的。它这样用是为了排比刷色,增强景物的描绘性。寥寥几笔,就把山程水驿、风雨凄迷的行旅图画生动地勾勒出来了。起句对仗,在绝句里宜活脱而不板滞,像"两个黄鹂鸣翠柳,一行白鹭上青天"(杜甫《绝句四首》),虽然色彩鲜活,却迹近合掌,不是当行的家数。这里却不同,它笔势夭矫,如珠走盘,有自然流转之致。"萧萧"、"淅淅"两个象声词,在这里是互文,兼言风雨。并著"一岸蒲"三字以写风,盖风不可见,借蒲叶的摇动有声而始见,给人一种身临其境的感觉。

绝句讲究出神奇于百炼,起别趣于寸心,要能曲折回环,穷极变化。这首诗的头两句在外围刷色,展示出一幅风雨凄凄的画面,下一步该如何发展、深入、掀起感情的漩涡呢?诗人把目光转向了飞落寒汀的鸿雁,三、四两句以虚间实,故设一问,陡然地翻起波澜,可谓笔力奇横,妙到毫巅。从构思方面说,它意味着:第一,沿着飞鸿的来路,人们的思想从眼前的实景延伸到遥远的天边,扩展了诗的画面;第二,问及禽鸟,痴作一喻,显见出旅程的孤独与岑寂来;第三,寄情归雁,反衬出诗人有家归不得的流离之苦。这些意蕴没有直接说出,而是寓情于景,令人于恬吟密咏中体味而得。有不着一字,尽得风流的妙趣。第三句转折得好,第四句就如顺水推船一样,自然凑合,有着无限的风致。

"杜陵",在长安西南,诗人朝夕难忘的老家樊川,就在那里。"来时还下杜陵无?"轻声一问,就把作者对故乡、对亲人的怀念,就把他宦途的怅触、羁旅的愁思,宛转深致地表现出来了。

"樊南别有清秋思,不为斜阳不为蝉。"透过景物的描写,蕴藉而含蓄地抒写所感,表现情思,这是杜牧绝句的擅胜之处。徐献忠云:"牧之诗含思悲凄,流情感慨,抑扬顿挫之节,尤其所长。"(《唐音癸签》卷八引)持较本诗,可谓刌度皆合了。

题桃花夫人庙

细腰宫里露桃新，脉脉无言几度春。

至竟息亡缘底事？可怜金谷堕楼人。

【赏析】

晚唐人好为咏史绝句，却不易作好。清人吴乔在《围炉诗话》中提出咏史诗两条标准，一是思想内容要"出己意"，一是艺术表现要"用意隐然"，有含蓄的诗味。他举为范例的作品之一是杜牧的"息妫诗"，就是这首《题桃花夫人庙》。

息妫是春秋时息君夫人（息，古国名，相当于今河南息县西南），故称息夫人，又称桃花夫人。据《左传》载，因蔡哀侯向楚王称赞了息夫人的美貌，导致楚灭息。息夫人被掳进楚宫，后来生二子，即堵敖与成王。但她始终不说话。楚王追问其故，她答道："吾一妇人而事二夫，纵弗能死，其又奚言？"息夫人的不幸遭际及她无言的抗议，在旧时一向被传为美谈，唐时还有祭祀她的"桃花夫人庙"。

"细腰宫里露桃新，脉脉无言几度春。"这一联用诗歌形象概括了息夫人的故事。这里没有叙述，事件是通过描绘的语言和具体意象表现的。"细腰宫"即楚宫，它是根据"楚王好细腰，宫中多饿死"的传说翻造的，也就间接指刺了楚王的荒淫。这比直言楚宫自多一层含意。息夫人的不幸遭遇，根源也正系于楚王的荒淫，这里，叙事隐含造句之中。在这"楚王葬尽满城娇"的"细腰宫"内，桃花又开了。"桃新"意味着春来，挑起下文"几度春"三字：时光多么容易流逝，然而时光又是多么难捱啊。"桃生露井上"本属成言（《宋书·乐志》），而"露桃"却翻出新的意象，似暗喻"看花满眼泪"的桃花夫人的娇面（比较"梨花一枝春带雨"）。"无言"是本事中主要情节，古语又有"桃李无言"，这是另一层双关。"无言"加上"脉脉（含情）"，形象生动，表达出夫人的故国故君之思及失身的悲痛。而在无可告诉的深宫,可怜只有"无言"的桃花作她苦衷的见证了。两句中,桃花与桃花夫人,景与情,难解难分,水乳交融,意境优美,诗味隽永。

诗人似乎要对息夫人一掬同情之泪了。及至第三句突然转折,由脉脉含情的描述转为冷冷一问时,读者才知道那不过是欲抑先扬罢了。"至竟(到底)息亡缘底事?"息亡不正为夫人的颜色吗?她的忍辱苟活,纵然无言,又岂能无咎无愧?这一问是对息夫人内心创伤的深刻揭示。这一点在息夫人对楚王问中原有所表现,却一向未被人注意。

末句从对面着墨,引出另一个女子来。那就是晋代豪富石崇家的乐伎绿珠("金谷"即石家名园)。权贵孙秀因向石崇求绿珠不得,矫诏收崇下狱。石崇临捕时对绿珠叹道:"我今为尔得罪。"绿珠含泪回答:"当效死于君前。"遂坠楼而死。其事与息妫颇类,但绿珠对权势的反抗是那样刚烈,相形之下息夫人只见懦弱了。这里既无对绿珠的一字赞语,也无对息妫的一字贬词,只是深情一叹:"可怜金谷坠楼人!"然而褒贬俱在此中,令人觉得寓意深远。此句之妙,《瓯北诗话》说得透彻:"以绿珠之死,形(即反衬)息夫人之不死,高下自见而词语蕴藉,不显露讥刺(即"用意隐然"),尤得风人之旨耳。"

此外,直接对一位古代软弱女子进行指斥也不免过苛之嫌,而诗人把指责转化为对于强者的颂美,不但使读者感情上容易接受,也使诗意升华到更高的境界。它意味着:软弱的受害者诚然可悯,怎及得敢于以一死抗争者令人钦敬。

综上所述,此诗对人所熟知的息夫人故事重作评价,见解可谓新颖独到,同时又"不显露讥刺",形象生动,饶有唱叹之音,富于含蓄的诗美。揆之吴乔的两条标准,故宜称为咏史绝句的范作。

中国古典名著精华

题乌江亭

胜败兵家事不期，包羞忍耻是男儿。

江东子弟多才俊，卷土重来未可知。

【赏析】

杜牧会昌中官池州刺史时，过乌江亭，写了这首咏史诗。"乌江亭"即现在安徽和县东北的乌江浦，旧传是项羽自刎之处。

项羽溃围来到乌江，亭长建议渡江，他愧对江东父兄，羞愤自杀。这首诗针对项羽兵败身亡的史实，批评他不能总结失败的教训，惋惜他的"英雄"事业归于覆灭，同时暗寓讽刺之意。

首句直截了当地指出胜败乃兵家之常这一普通常识，并暗示关键在于如何对待的问题，为以下作好铺垫。"事不期"，是说胜败的事，不能预料。

次句强调指出只有"包羞忍耻"，才是"男儿"。项羽遭到挫折便灰心丧气，含羞自刎，怎么算得上真正的"男儿"呢？"男儿"二字，令人联想到自诩为力能拔山，气可盖世的西楚霸王，直到临死，还未找到自己失败的原因，只是归咎于"时不利"而羞愤自杀，有愧于他的"英雄"称号。

第三句"江东子弟多才俊"，是对亭长建议"江东虽小，地方千里，众数十万人，亦足王也"的艺术概括。人们历来欣赏项羽"无面见江东父兄"一语，认为表现了他的气节。其实这恰好反映了他的刚愎自用，听不进亭长忠言。他错过了韩信，气死了范增，确是愚蠢得可笑。然而在这最后关头，如果他能面对现实，"包羞忍耻"，采纳忠言，重返江东，重整旗鼓，则胜负之数，或未易量。这就又落脚到了末句。

"卷土重来未可知"，是全诗最得力的句子，其意盖谓如能做到这样，还是大有可为的；可惜的是项羽却不肯放下架子而自刎了。这样就为上面一、二两句提供了有力的依据，而这样急转直下，一气呵成，令人想见"江东子弟""卷土重来"的情状,是颇有气势的。同时,在惋惜、批判、讽刺之余,又表明了"败不馁"的道理,也是颇有积极意义的。

议论不落传统说法的窠臼,是杜牧咏史诗的特色。诸如"东风不与周郎便,铜雀春深锁二乔"(《赤壁》),"南军不袒左边袖,四老安刘是灭刘"(《题商山四皓庙》),都是反说其事,笔调都与这首类似。宋人胡仔在《苕溪渔隐丛话》中谓这首诗"好异而畔于理……项氏以八千人渡江,败亡之余,无一还者,其失人心为甚,谁肯复附之?其不能卷土重来,决矣。"清人吴景旭在《历代诗话》中则反驳胡仔,说杜牧正是"用翻案法,跌入一层,正意益醒"。其实从历史观点来看,胡氏的指责不为无由。吴景旭为杜牧辩护,主要因这首诗借题发挥,宣扬百折不挠的精神,是可取的。

寄扬州韩绰判官

青山隐隐水遥遥,秋尽江南草木凋。
二十四桥明月夜,玉人何处教吹箫?

【赏析】

扬州之盛,唐世艳称,历代诗人为它留下了多少脍炙人口的诗篇。这首诗风调悠扬,意境优美,千百年来为人们传诵不衰。韩绰不知何人,杜牧集中赠他的诗共有两首,另一首是《哭韩绰》,看来两人友情甚笃。杜牧于大和七年至九年间(833—835年)曾在淮南节度使牛僧孺幕中作推官,后来转为掌书记。这首诗当作于他离开江南以后。

首句从大处落墨,化出远景:青山透迤,隐于天际,绿水如带,迢递不断。"隐隐"和"迢迢"这一对叠字,不但画出了山清水秀、绰约多姿的江南风貌,而且隐约暗示着诗人与友人之间山遥水长的空间距离,那抑扬的声调中仿佛还荡漾着诗人思念江南的似水柔情。欧阳修的《踏莎行》:"离愁渐远渐无穷,迢迢不断如春水"、"平芜尽处是青山,行人更在青山外",正道出了杜牧这句诗的言外之意。此时虽然时令已过了深秋,江南的草木却还未凋落,风光依旧旖旎秀媚。正由于诗人不堪晚秋的萧条冷落,因而格外眷恋江南的青山绿水,越发怀念远在热闹繁花之乡的故人了。

江南佳景无数,诗人记忆中最美的印象则是在扬州"月明桥上看神仙"(张祜《纵游淮南》)的景致。岂不闻"天下三分明月夜,二分无赖是扬州"(徐凝《忆扬州》),更何况当地名胜二十四桥上还有神仙般的美人可看呢?二十四桥,一说扬州城里原有二十四座桥,一说即吴家砖桥,因古时有二十四位美人吹箫于桥上而得名。"玉人",既可借以形容美丽洁白的女子,又可比喻风流俊美的才郎。从寄赠诗的作法及末句中的"教"字看来,此处玉人当指韩绰。元稹《莺莺传》"疑是玉人来"句可证中晚唐有以玉人喻才子的用法。

诗人本是问候友人近况,却故意用玩笑的口吻与韩绰调侃,问他当此秋尽之时,每夜在何处教妓女歌吹取乐。这样,不但韩绰风流倜傥的才貌依稀可见,两人亲昵深厚的友情得以重温,而且调笑之中还微微流露了诗人对自己"十年一觉扬州梦,赢得青楼薄倖名"的感喟,从而使此诗平添了许多风韵。杜牧又长于将这类调笑寄寓在风调悠扬、清丽俊爽的画面之中,所以虽写艳情却并不流于轻薄。这首诗巧妙地把二十四美人吹箫于桥上的美丽传说与"月明桥上看神仙"的现实生活融合在一起,因而在客观上造成了"玉人"又是指歌伎舞女的恍惚印象,读之令人如见月光笼罩的二十四桥上,吹箫的美人披着银辉,宛若洁白光润的玉人,仿佛听到呜咽悠扬的箫声飘散在已凉未寒的江南秋夜,回荡在青山绿水之间。这样优美的境界早已远远超出了与朋友调笑的本意,它所唤起的联想不是风流才子的放荡生活,而是对江南风光的无限向往:秋尽之后尚且如此美丽,当其春意方浓之时又将如何迷人?这种内蕴的情趣,微妙的思绪,"可言不可言之间"的寄托,"可解不可解之会"的指归(见叶燮《原诗》),正是这首诗成功的奥秘。

题木兰庙

弯弓征战作男儿，梦里曾经与画眉。

几度思归还把酒，拂云堆上祝明妃。

【赏析】

这首咏史诗，是杜牧会昌年间任黄州刺史时，为木兰庙题的。庙在湖北黄冈西一百五十里处的木兰山。木兰是一个民间传说人物，据说是北魏时期的谯郡人（有的说是黄州或宋州人）。黄州人为木兰立庙，可见是认木兰为同乡的。

诗人一开头就用一个"作"字把北朝民歌《木兰诗》的诗意高度概括出来。这个"作"字很传神，它既突出地显示了木兰的特殊身份，又生动地描绘出这位女英雄女扮男装"弯弓征战"的非凡本领。要不，"同行十二年"，伙伴们怎么竟"不知木兰是女郎"呢？

接着诗人又借取《木兰诗》"当窗理云鬓"的意境。把"理云鬓"换成"画眉"，把木兰终究是女孩儿的本色完整地表现了出来："梦里曾经与画眉"，"与"相当于"和"。它启发人们去想象木兰"梦里"的情思。她只是在梦乡里，才会和女伴们一起对镜梳妆；只是为了"从此替爷征"才竭力克制着自己，并非不爱"画眉"。诗人运用一真一梦、一主一辅的衬托手法，借助梦境，让木兰脱下战袍，换上红妆，运笔尤为巧妙。这固然有"古辞"作依据，却表现出诗人的创新。

第三句诗人进而发挥想象，精心刻画了木兰矛盾的内心世界：木兰在战斗中固然很有英雄气概，但在日常生活中却不免"几度思归还把酒"，"几度"二字，恰如其分地表现出这种内心矛盾的深刻性。作为一个封建时代的少女，木兰有这样一些感情，一点也不奇怪。难得的倒是诗人善于揭示其心灵深处的思归之情，更增强了真实感。

最后问题落在"还把酒"上。是对景排愁？还是对月把酒？都不是，而是到"拂云堆"上"把酒祝明妃"。拂云堆，在今内蒙古自治区呼和浩特西郊。堆上有神祠。明妃，即自请和番的王昭君。木兰和昭君都是女性。她们来到塞上，一个从军，一个"和戎"，处境和动机固然有别，但同样都是为了纾国家之急。

而这等大事却竟然由女儿家来承担，自不能不令人感慨系之。"社稷依明主，安危托妇人"，这是唐代诗人戎昱《咏史》中的名句，和杜牧这首诗是比较合拍的。

王昭君和亲，死留青冢，永远博得后世的同情。木兰为了安靖边烽，万里从戎，一直受到人们赞美。诗人通过"把酒""祝明妃"，把木兰对明妃的敬慕之情暗暗地透露出来，把木兰内心的矛盾统一起来，运用烘托手法，使木兰和昭君灵犀一点，神交千载，倍觉委婉动人。这无疑也正是本诗值得特别称许之处。

中
国
古
典
名
著
精
华

赠别二首(其二)

多情却似总无情,唯觉樽前笑不成。

蜡烛有心还惜别,替人垂泪到天明。

【赏析】

这一首抒写诗人对妙龄歌女留恋惜别的心情。

齐、梁之间的江淹曾经把离别的感情概括为"黯然销魂"四字。但这种感情的表现,却因人因事的不同而千差万别,这种感情本身,也不是"悲"、"愁"二字所能了得。杜牧此诗不用"悲"、"愁"等字,却写得坦率、真挚,道出了离别时的真情实感。

诗人同所爱不忍分别,又不得不分别,感情是千头万绪的。"多情却似总无情",明明多情,偏从"无情"着笔,著一"总"字,又加强了语气,带有浓厚的感情色彩。诗人爱得太深、太多情,以至使他觉得,无论用怎样的方法,都不足以表现出内心的多情。别宴上,凄然相对,像是彼此无情似的。越是多情,越显得无情,这种情人离别时最真切的感受,诗人把它写出来了。"唯觉樽前笑不成",要写离别的悲苦,他又从"笑"字入手。一个"唯"字表明,诗人是多么想面对情人,举樽道别,强颜欢笑,使所爱欢欣!但因为感伤离别,却挤不出一丝笑容来。想笑是由于"多情","笑不成"是由于太多情,不忍离别而事与愿违。这种看似矛盾的情态描写,把诗人内心的真实感受,说得委婉尽致,极有情味。

题为"赠别",当然是要表现人的惜别之情。然而诗人又撇开自己,去写告别宴上那燃烧的蜡烛,借物抒情。诗人带着极度感伤的心情去看周围的世界,于是眼中的一切也就都带上了感伤色彩。这就是刘勰所说的:"属采附声,亦与心而徘徊。"(《文心雕龙·物色》)"蜡烛"本是有烛芯的,所以说

"蜡烛有心";而在诗人的眼里烛芯却变成了"惜别"之心,把蜡烛拟人化了。在诗人的眼里,它那彻夜流溢的烛泪,就是在为男女主人的离别而伤心了。"替人垂泪到天明","替人"二字,使意思更深一层。"到天明"又点出了告别宴饮时间之长,这也是诗人不忍分离的一种表现。

诗人用精练流畅、清爽俊逸的语言,表达了悱恻缠绵的情思,风流蕴藉,意境深远,余韵不尽。就诗而论,表现的感情还是很深沉、很真挚的。杜牧为人刚直有节,敢论列大事,却也不拘小节,好歌舞,风情颇张,本诗亦可见此意。

南陵道中

南陵水面漫悠悠，风紧云轻欲变秋。
正是客心孤回处，谁家红袖凭江楼？

【赏析】

这首诗收入《樊川外集》，题一作"寄远"。杜牧在文宗开成年间曾任宣州团练判官，南陵是宣州属县，诗大约就写于任职宣州期间。

题称"南陵道中"，没有点明是陆路还是水程。从诗中描写看，理解为水程似乎切当一些。

前两句分写舟行所见水容天色。"漫悠悠"，见水面的平缓、水流的悠长，也透露出江上的空寂。这景象既显出舟行者的心情比较平静，也暗透出他一丝羁旅的孤寂。一、二两句之间，似有一个时间过程。"水面漫悠悠"，是清风徐来、水波不兴时的景象。过了一会，风变紧了，云彩因为风的吹送变得稀薄而轻盈，天空显得高远，空气中也散发着秋天的凉意。"欲变秋"的"欲"字，正表现出天气变化的动态。从景物描写可以感到，此刻旅人的心境也由原来的相对平静变得有些骚屑不宁，由原来的一丝淡淡的孤寂进而感到有些清冷了。这些描写，都为第三句的"客心孤回"作了准备。

正当旅人触物兴感、心境孤回的时候，忽见岸边的江楼上有红袖女子正在凭栏遥望。三、四两句所描绘的这幅图景，色彩鲜明，饶有画意，不妨当作江南水乡风情画来欣赏。在客心孤回之时，意绪本来有些索寞无聊，流目江上，忽然望见这样一幅美丽的图景，精神为之一爽，羁旅的孤寂在一时间似乎冲淡了不少。这是从"正是"、"谁家"这样开合相应、摇曳生姿的语调中可以感觉出来的。但这幅图景中的凭楼而望的红袖女子，究竟是怀着闲适的心情览眺江上景色，还是像温庭筠词中所写的那位等待丈夫归来的女子那样，"梳洗罢，独倚望江楼"，在望穿秋水地历数江上归舟呢？这一点，江上舟行的旅人并不清楚,自然也无法向读者交待,只能浑涵地书其即目所见。但无论是闲眺还是望归,对旅人都会有所触动而引起各种不同的联想。在这里,"红袖凭江楼"的形象内涵的不确定,恰恰为联想的丰富、诗味的隽永创造了有利的条件。这似乎告诉我们,在一定条件下,艺术形象或图景内涵的多歧,不但不是缺点,相反地还是一种优点,因为它使诗的意境变得更富含蕴、更为浑融而耐人寻味,读者也从这种多方面的寻味联想中得到艺术欣赏上的满足。当然,这种不确定仍然离不开"客心孤迥"这样一个特定的情景,因此尽管不同的读者会有不同的联想体味,但总的方向是大体相近的。这正是艺术的丰富与杂乱、含蓄与晦涩的一个重要区别。

叹 花

自恨寻芳到已迟,往年曾见未开时。

如今风摆花狼藉,绿叶成阴子满枝。

【赏析】

关于此诗,有一个传说故事:杜牧游湖州,识一民间女子,年十余岁。杜牧与其母相约过十年来娶,后十四年,杜牧始出为湖州刺史,女子已嫁人三年,生二子。杜牧感叹其事,故作此诗。这个传说不一定可靠,但此诗以叹花来寄托男女之情,是大致可以肯定的。它表现的是诗人在浪漫生活不如意时的一种惆怅懊丧之情。

全诗围绕"叹"字着笔。前两句是自叹自解,抒写自己寻春赏花去迟了,以至于春尽花谢,错失了美好的时机。首句的"春"犹下句的"芳",指花。而开头一个"自"字富有感情色彩,把诗人那种自怨自艾、懊悔莫及的心情充分表达出来了。第二句写自解,表示对春暮花谢不用惆怅,也不必怨嗟。诗人明明在惆怅怨嗟,却偏说"不须惆怅",明明是痛惜懊丧已极,却偏要自宽自慰,这在写法上是腾挪跌宕,在语意上是翻进一层,越发显出诗人惆怅失意之深,同时也流露出一种无可奈何、懊恼至极的情绪。

后两句写自然界的风风雨雨使鲜花凋零,红芳褪尽,绿叶成阴,结子满枝,果实累累,春天已经过去了。似乎只是纯客观地写花树的自然变化,其实蕴含着诗人深深惋惜的感情。

本诗主要用"比"的手法。通篇叙事赋物,即以比情抒怀,用自然界的花开花谢,绿树成荫子满枝,暗喻少女的妙龄已过,结婚生子。但这种比喻不是直露、生硬的,而是若即若离,婉曲含蓄的,即使不知道与此诗有关的故事,只把它当作别无寄托的咏物诗,也是出色的。隐喻手法的成功运用,又使本诗显得构思新颖巧妙,语意深曲蕴藉,耐人寻味。

山　行

远上寒山石径斜，白云生处有人家。

停车坐爱枫林晚，霜叶红于二月花。

【赏析】

这首诗描绘的是秋之色，展现出一幅动人的山林秋色图。诗里写了山路、人家、白云、红叶，构成一幅和谐统一的画面。这些景物不是并列的处于同等地位，而是有机地联系在一起，有主有从，有的处于画面的中心，有的则处于陪衬地位。简单来说，前三句是宾，第四句是主，前三句是为第四句描绘背景、创造气氛，起铺垫和烘托作用的。

"远上寒山石径斜"，写山，写山路。一条弯弯曲曲的小路蜿蜒伸向山头。"远"字写出了山路的绵长，"斜"字与"上"字呼应，写出了高而缓的山势。

"白云生处有人家"，写云，写人家。诗人的目光顺着这条山路一直向上望去，在白云飘浮的地方，有几处山石砌成的石屋石墙。这里的"人家"照应了上句的"石径"，这一条山间小路，就是那几户人家上上下下的通道吧？这就把两种景物有机地联系在一起了。有白云缭绕，说明山很高。诗人用横云断岭的手法，让这片片白云遮住读者的视线，却给人留下了想象的余地：在那白云之上，云外有山，定会有另一种景色吧？

对这些景物，诗人只是在作客观的描述。虽然用了一个"寒"字，也只是为了逗出下文的"晚"字和"霜"字，并不表现诗人的感情倾向。它毕竟还只是在为后面的描写蓄势，勾勒枫林所在的环境。

"停车坐爱枫林晚"便不同了，倾向性已经很鲜明，很强烈了。那山路、白云、人家都没有使诗人动心，这枫林晚景却使得他惊喜之情难以抑制。为了要停下来领略这山林风光，竟然顾不得驱车赶路。前两句所写的景物已经很美，但诗人爱的却是枫林。通过前后映衬，已经为描写枫林铺平垫稳，蓄势已足，于是水到渠成，引出了第四句，点明喜爱枫林的原因。

"霜叶红于二月花"，把第三句补足，一片深秋枫林美景具体展现在我们面前了。诗人惊喜地发现在夕晖晚照下，枫叶流丹，层林如染，真是满山云锦，如烁彩霞，它比江南二月的春花还要火红，还要艳丽呢！难能可贵的是，诗人通过这一片红色，看到了秋天像春天一样的生命力使秋天的山林呈现一种热烈的、生机勃勃的景象。

诗人没有像一般封建文人那样，在秋季到来的时候，哀伤叹息，他歌颂的是大自然的秋色美，体现出了豪爽向上的精神，有一种英爽俊拔之气拂于笔端，表现了诗人的才气，也表现了诗人的见地。这是一首秋色的赞歌。

第四句是全诗的中心，是诗人浓墨重彩、凝聚笔力写出来的。不仅前两句疏淡的景致成了这艳丽秋色的衬托，即使"停车坐爱枫林晚"一句，看似抒情叙事，实际上也起着写景衬托的作用：那停车而望、陶然而醉的诗人，也成了景色的一部分，有了这种景象，才更显出秋色的迷人。而一笔重写之后，戛然而止，又显得情韵悠扬，余味无穷。

清 明

清明时节雨纷纷,路上行人欲断魂。

借问酒家何处有,牧童遥指杏花村。

【赏析】

这一天正是清明佳节。诗人小杜,在行路中间,可巧遇上了雨。清明,虽然是柳绿花红、春光明媚的时节,可也是气候容易发生变化的期间,甚至时有"疾风甚雨"。但这日的细雨纷纷,是那种"天街小雨润如酥"样的雨,这也正是春雨的特色。这"雨纷纷",传达了那种"做冷期花,将烟困柳"的凄迷而又美丽的境界。

这"纷纷"在此自然毫无疑问是形容那春雨的意境的;可是它又不止是如此而已,它还有一层特殊的作用,那就是,它实际上还在形容着那位雨中行路者的心情。

且看下面一句:"路上行人欲断魂"。"行人",是出门在外的行旅之人。那么什么是"断魂"呢?在诗歌里,"魂"指的多半是精神、情绪方面的事情。"断魂",是竭力形容那种十分强烈、可是又并非明白表现在外面的很深隐的感情。在古代风俗中,清明节是个色彩情调都很浓郁的大节日,本该是家人团聚,或游玩观赏,或上坟扫墓;而今行人孤身赶路,触景伤怀,心头的滋味是复杂的。偏偏又赶上细雨纷纷,春衫尽湿,这又平添了一层愁绪。因而诗人用了"断魂"二字;否则,下了一点小雨,就值得"断魂",那不太没来由了吗?这样,我们就又可回到"纷纷"二字上来了。本来,佳节行路之人,已经有不少心事,再加上身在雨丝风片之中,纷纷洒洒,冒雨趱行,那心境更是加倍的凄迷纷乱了。所以说,纷纷是形容春雨,可也形容情绪,甚至不妨说,形容春雨,也就是为了形容情绪。这正是我国古典诗歌里情在景中、景即是情的一种绝艺,一种胜境。

前二句交代了情景,接着写行人这时涌上心头的一个想法:往哪里找个小酒店才好。事情很明白:寻到一个小酒店,一来歇歇脚,避避雨,二来小饮三杯,解解料峭中人的春寒,暖暖被雨淋湿的衣服,最要紧的是,借此也就能散散心头的愁绪。于是,向人问路了。

是向谁问路的呢?诗人在第三句里并没有告诉我们,妙莫妙于第四句:"牧童遥指杏花村"。在语法上讲,"牧童"是这一句的主语,可它实在又是上句"借问"的宾词,它补足了上句宾主问答的双方。牧童答话了吗?我们不得而知,但是以"行动"为答复,比答话还要鲜明有力。我们看《小放牛》这出戏,当有人向牧童哥问路时,他将手一指,说:"您顺着我的手儿瞧!"是连答话带行动,也就是连"音乐"带"画面",两者同时都使观者获得了美的享受;如今诗人手法却更简捷,更高超:他只将"画面"给予读者,而省去了"音乐",不,不如说是包括了"音乐"。读者欣赏了那一指路的优美"画面",同时也就隐隐听到了答话的"音乐"。

"遥",字面意义是远。然而这里不可拘守此义。这一指,已经使我们如同看到,隐约红杏梢头,分明挑出一个酒帘,"酒望子"来了。若真的距离遥远,就难以发生艺术联系,若真的就在眼前,那又失去了含蓄无尽的兴味:妙就妙在不远不近之间。《红楼梦》里大观园中有一处景子题作"杏帘在望",那"在望"的神情,正是由这里体会脱化而来,正好为杜郎此句作注脚。"杏花村"不一定是真村名,也不一定即指酒家。这只需要说明指往这个美丽的杏花深处的村庄就够了,不言而喻,那里是有一家小小的酒店在等候接待雨中行路的客人的。

诗只写到"遥指杏花村"就戛然而止,再不多费一句话。剩下的,行人怎样的闻讯而喜,怎样的加把劲儿趱上前去,怎样的兴奋地找着了酒店,怎样的欣慰地获得了避雨、消愁两方面的满足和快意……,这些,诗人就能"不管"了。他把这些都付与读者的想像,为读者开拓了一处远比诗篇语文字句所显示的更为广阔得多的想象余地。这就是艺术的"有余不尽"。

这首小诗,一个难字也没有,一个典故也不用,整篇是十分通俗的语言,写得自如之极,毫无经营造作之痕。音节十分和谐圆满,景象非常清新、生动,而又境界优美、兴味隐跃。诗由篇法讲也很自然,是顺序的写法。第一句交代情景、环境、气氛，是"起"；第二句是"承"，写出了人物，显示了人物的凄迷纷乱的心境；第三句是一"转"，然而也就提出了如何摆脱这种心境的办法；而这就直接逼出了第四句，成为整篇的精彩所在——"合"。在艺术上，这是由低而高、逐步上升、高潮顶点放在最后的手法。所谓高潮顶点，却又不是一览无余，索然兴尽，而是余韵邈然，耐人寻味。这些，都是诗人的高明之处，也就是值得我们学习继承的地方吧！

杜牧诗集

秋　夕

银烛秋光冷画屏,轻罗小扇扑流萤。
天阶夜色凉如水,卧看牵牛织女星。

【赏析】

这诗写一个失意宫女的孤独生活和凄凉心情。

前两句已经描绘出一幅深宫生活的图景。在一个秋天的晚上,白色的蜡烛发出微弱的光,给屏风上的图画添了几分暗淡而幽冷的色调。这时,一个孤单的宫女正用小扇扑打着飞来飞去的萤火虫。"轻罗小扇扑流萤",这一句十分含蓄,其中含有三层意思:第一,古人说腐草化萤,虽然是不科学的,但萤总是生在草丛冢间那些荒凉的地方。如今,在宫女居住的庭院里竟然有流萤飞动,宫女生活的凄凉也就可想而知了。第二,从宫女扑萤的动作可以想见她的寂寞与无聊。她无事可做,只好以扑萤来消遣她那孤独的岁月。她用小扇扑打着流萤,一下一下地,似乎想驱赶包围着她的孤冷与索寞,但这又有什么用呢? 第三,宫女手中拿的轻罗小扇具有象征意义,扇子本是夏天用来挥风取凉的,秋天就没用了,所以古诗里常以秋扇比喻弃妇。相传汉成帝妃班婕妤为赵飞燕所谮,失宠后住在长信宫,写了一首《怨歌行》:"新裂齐纨素,皎洁如霜雪。裁为合欢扇,团团似明月。出入君怀袖,动摇微风发。常恐秋节至,凉飙夺炎热。弃捐箧笥中,恩情中道绝。"此说未必可信,但后来诗词中出现团扇、秋扇,便常常和失宠的女子联系在一起了。如王昌龄的《长信秋词》:"奉帚平明金殿开,且将团扇共徘徊",王建的《宫中调笑》:"团扇,团扇,美人病来遮面",都是如此。杜牧这首诗中的"轻罗小扇",也象征着持扇宫女被遗弃的命运。

第三句,"天阶夜色凉如水"。"天阶"指皇宫中的石阶。"夜色凉如水"暗示夜已深沉,寒意袭人,该进屋去睡了。可是宫女依旧坐在石阶上,仰视着天河两旁的牵牛星和织女星。民间传说,织女是天帝的孙女,嫁与牵牛,每年七夕渡河与他相会一次,有鹊为桥。汉代《古诗十九首》中的"迢迢牵牛星",就是写他们的故事。宫女久久地眺望着牵牛织女,夜深了还不想睡,这是因为牵牛织女的故事触动了她的心,使她想起自己不幸的身世,也使她产生了对于真挚爱情的向往。可以说,满怀心事都在这举首仰望之中了。

梅圣俞说:"必能状难写之景如在目前,含不尽之意见于言外,然后为至矣。"(见《六一诗话》)这两句话恰好可以说明此诗在艺术上的特点。一、三句写景,把深宫秋夜的景物十分逼真地呈现在读者眼前。"冷"字,形容词当动词用,很有气氛。"凉如水"的比喻不仅有色感,而且有温度感。二、四两句写宫女,含蓄蕴藉,很耐人寻味。诗中虽没有一句抒情的话,但宫女那种哀怨与期望相交织的复杂感情见于言外,从一个侧面反映了封建时代妇女的悲惨命运。

金谷园

繁华事散逐香尘，流水无情草自春。

日暮东风怨啼鸟，落花犹似堕楼人。

【赏析】

金谷园故址在今河南洛阳西北，是西晋富豪石崇的别墅，繁荣华丽，极一时之盛。唐时园已荒废，成为供人凭吊的古迹。据《晋书·石崇传》记载：石崇有妓曰绿珠，美而艳。孙秀使人求之，不得，矫诏收崇。崇正宴于楼上，谓绿珠曰："我今为尔得罪。"绿珠泣曰："当效死于君前。"因自投于楼下而死。杜牧过金谷园，即景生情，写下了这首咏春吊古之作。

面对荒园，首先浮现在诗人脑海的是，金谷园繁华的往事，随着芳香的尘屑消散无踪。"繁华事散逐香尘"这一句蕴藏了多少感慨。王嘉《拾遗记》谓："石季伦(崇)屑沉水之香如尘末，布象床上，使所爱者践之，无迹者赐以真珠。"此即石崇当年奢靡生活之一斑。"香尘"细微飘忽，去之迅速而无影无踪。金谷园的繁华，石崇的豪富，绿珠的香消玉殒，亦如香尘飘去，云烟过眼，不过一时而已。正如苏东坡诗云："事如春梦了无痕"。可叹乎？亦可悲乎？还是观赏废园中的景色吧："流水无情草自春"。水，指东南流经金谷园的金水。不管人世间的沧桑，流水照样潺湲，春草依然碧绿，它们对人事的种种变迁，似乎毫无感触。这是写景，更是写情，尤其是"草自春"的"自"字，与杜甫《蜀相》中"映阶碧草自春色"的"自"字用法相似。

傍晚，正当诗人对着流水和春草遐想的时候，忽然东风送来鸟儿的叫声。春日鸟鸣，本是令人心旷神怡的赏心乐事。但是此时，红日西斜，夜色将临；此地，荒芜的名园，再加上傍晚时分略带凉意的春风，在沉溺于吊古之情的诗人耳中，鸟鸣就显得凄哀悲切，如怨如慕，仿佛在表露今昔之感。日暮、东风、啼鸟，本是春天的一般景象，这一"怨"字，就蒙上了一层凄凉感伤的色彩。此时此刻，一片片惹人感伤的落花又映入诗人的眼帘。诗人把特定地点(金谷园)落花飘然下坠的形象，与曾在此处发生过的绿珠坠楼而死联想到一起，寄寓了无限情思。一个"犹"字渗透着诗人多少追念、怜惜之情！绿珠，作为权贵们的玩物，她为石崇而死是毫无价值的，但她的不能自主的命运不是同落花一样令人可怜么？诗人的这一联想，不仅是"坠楼"与"落花"外观上有可比之处，而且揭示了绿珠这个人和"花"在命运上有相通之处。比喻贴切自然，意味隽永。

　　一般怀古抒情的绝句，都是前两句写景，后两句抒情。这首诗则是句句写景，景中寓情，四句蝉联而下，浑然一体。

卷二　泛读篇目

感怀诗一首

高文会隋季，提剑徇天意。

扶持万代人，步骤三皇地。

圣云继之神，神仍用文治。

德泽酻生灵，沉酣薰骨髓。

旄头骑箕尾，风尘蓟门起。

胡兵杀汉兵，尸满咸阳市。

宣皇走豪杰，谈笑开中否。

蟠联两河间，烬萌终不弥。

号为精兵处，齐蔡燕赵魏。

合环千里疆，争为一家事。

逆子嫁虏孙，西邻聘东里。

急热同手足，唱和如宫徵。

法制自作为，礼文争僭拟。

压阶螭斗角，画屋龙交尾。

署纸日替名，分财赏称赐。

刬隍欲万寻，缭垣叠千雉。

誓将付屝孙，血绝然方已。

九庙仗神灵，四海为输委。

如何七十年，汗馞含羞耻？

韩彭不再生，英卫皆为鬼。

凶门爪牙辈，穰穰如儿戏。

累圣但日吁，阃外将谁寄？

屯田数十万，堤防常惴惴。

急征赴军须，厚赋资凶器。

因隳画一法，且逐随时利。

流品极蒙茸，网罗渐离弛。

夷狄日开张，黎元愈憔悴。

邈矣远太平，萧然尽烦费。

至于贞元末，风流恣绮靡。

艰极泰循来，元和圣天子。

元和圣天子，英明汤武上。

茅茨覆宫殿，封章绽帷帐。

伍旅拔雄儿，梦卜庸真相。

勃云走轰霆，河南一平荡。

继于长庆初，燕赵终舁强。

携妻负子来，北阙争顿颡。

故老抚儿孙，尔生今有望。

茹鲠喉尚隘，负重力未壮。

坐帷无奇兵，吞舟漏疏网。

骨添蓟垣沙，血涨滹沱浪。

祗云徒有征，安能问无状。

一日五诸侯，奔亡如鸟往。

取之难梯天，失之易反掌。

苍然太行路，翦翦还榛莽。

关西贱男子，誓肉虏杯羹。

请数击虏事，谁其为我听。

荡荡乾坤大，瞳瞳日月明。

叱起文武业，可以豁洪溟。

安得封域内，长有扈苗征。

七十里百里，彼亦何尝争。

往往念所至，得醉愁苏醒。

韬舌辱壮心,叫阍无助声。

聊书感怀韵,焚之遗贾生。

杜秋娘诗并序

　　杜秋,金陵女也。年十五为李锜妾。后锜叛灭,籍之入宫,有宠于景陵。穆宗即位,命秋为皇子傅姆,皇子壮,封漳王。郑注用事,诬丞相欲去己者,指王为根,王被罪废削,秋因赐归故乡。予过金陵,感其穷且老,为之赋诗。

京江水清滑,生女白如脂。

其间杜秋者,不劳朱粉施。

老濞即山铸,后庭千双眉。

秋持玉斝醉,与唱金缕衣。

濞即白首叛,秋亦红泪滋。

吴江落日渡,灞岸绿杨垂。

联裾见天子,盼眄独依依。

椒壁悬锦幕,镜奁蟠蛟螭。

低鬟认新宠,窈袅复融怡。

月上白璧门,桂影凉参差。

金阶露新重,闲捻紫箫吹。

莓苔夹城路,南苑雁初飞。

红粉羽林仗,独赐辟邪旗。

归来煮豹胎,餍饫不能饴。

咸池升日庆,铜雀分香悲。

雷音后车远,事往落花时。

燕禖得皇子,壮发绿緌緌。

画堂授傅姆,天人亲捧持。

虎睛珠络褓,金盘犀镇帷。

长杨射熊黑,武帐弄哑咿。

渐抛竹马剧，稍出舞鸡奇。

靳靳整冠佩，侍宴坐瑶池。

眉宇俨图画，神秀射朝辉。

一尺桐偶人，江充知自欺。

王幽茅土削，秋放故乡归。

舸棱拂斗极，回首尚迟迟。

四朝三十载，似梦复疑非。

潼关识旧吏，吏发已如丝。

却唤吴江渡，舟人那得知。

归来四邻改，茂苑草菲菲。

清血洒不尽，仰天知问谁。

寒衣一匹素，夜借邻人机。

我昨金陵过，闻之为嘘唏。

自古皆一贯，变化安能推。

夏姬灭两国，逃作巫臣姬。

西子下姑苏，一舸逐鸱夷。

织室魏豹俘，作汉太平基。

误置代籍中，两朝尊母仪。

光武绍高祖，本系生唐儿。

珊瑚破高齐，作婢春黄糜。

萧后去扬州，突厥为阏氏。

女子固不定，士林亦难期。

射钩后呼父，钓翁王者师。

无国要孟子，有人毁仲尼。

秦因逐客令，柄归丞相斯。

安知魏齐首，见断篑中尸。

给丧蹶张辈，廊庙冠峨危。

珥貂七叶贵，何妨戎虏支。

苏武却生返，邓通终死饥。

主张既难测，翻覆亦其宜。
地尽有何物？天外复何之？
指何为而捉？足何为而驰？
耳何为而听？目何为而窥？
己身不自晓，此外何思惟。
因倾一樽酒，题作杜秋诗。
愁来独长咏，聊可以自怡。

郡斋独酌

前年鬓生雪，今年须带霜。
时节序鳞次，古今同雁行。
甘英穷四海，四万到洛阳。
东南我所见，北可计幽荒。
中画一万国，角角棋布方。
地顽压不穴，天迥老不僵。
屈指百万世，过如霹雳忙。
人生落其内，何者为彭殇？
促束自系缚，儒衣宽且长。
旗亭雪中过，敢问当垆娘。
我爱李侍中，摽摽七尺强。
白羽八札弓，髀压绿檀枪。
风前略横阵，紫髯分两傍。
淮西万虎士，怒目不敢当。
功成赐宴麟德殿，猿超鹘掠广球场。
三千宫女侧头看，相排踏碎双明珰。
旌竿幖幖旗㸌㸌，意气横鞭归故乡。
我爱朱处士，三吴当中央。

罢亚百顷稻，西风吹半黄。

尚可活乡里，岂惟满囷仓。

后岭翠扑扑，前溪碧泱泱。

雾晓起凫雁，日晚下牛羊。

叔舅欲饮我，社瓮尔来尝。

伯姊子欲归，彼亦有壶浆。

西阡下柳坞，东陌绕荷塘。

姻亲骨肉舍，烟火遥相望。

太守政如水，长官贪似狼。

征输一云毕，任尔自存亡。

我昔造其室，羽仪鸾鹤翔。

交横碧流上，竹映琴书床。

出语无近俗，尧舜禹武汤。

问今天子少，谁人为栋梁。

我曰天子圣，晋公提纪纲。

联兵数十万，附海正诛沧。

谓言大义不小义，取易卷席如探囊。

犀甲吴兵斗弓弩，蛇矛燕戟驰锋芒。

岂知三载凡百战，钩车不得望其墙。

答云此山外，有事同胡羌。

谁将国伐叛，话与钓鱼郎。

溪南重回首，一径出修篁。

尔来十三岁，斯人未曾忘。

往往自抚己，泪下神苍茫。

御史诏分洛，举趾何猖狂。

阙下谏官业，拜疏无文章。

寻僧解忧梦，乞酒缓愁肠。

岂为妻子计，未去山林藏。

平生五色线，愿补舜衣裳。

弦歌教燕赵，兰芷浴河湟。

腥膻一扫洒，凶狠皆披攘。

生人但眠食，寿域富农桑。

孤吟志在此，自亦笑荒唐。

江郡雨初霁，刀好截秋光。

池边成独酌，拥鼻菊枝香。

醺酣更唱太平曲，仁圣天子寿无疆。

冬至日寄小侄阿宜诗

小侄名阿宜，未得三尺长。

头圆筋骨紧，两眼明且光。

去年学官人，竹马绕四廊。

指挥群儿辈，意气何坚刚。

今年始读书，下口三五行。

随兄旦夕去，敛手整衣裳。

去岁冬至日，拜我立我旁。

祝尔愿尔贵，仍且寿命长。

今年我江外，今日生一阳。

忆尔不可见，祝尔倾一觞。

阳德比君子，初生甚微茫。

排阴出九地，万物随开张。

一似小儿学，日就复月将。

勤勤不自已，二十能文章。

仕宦至公相，致君作尧汤。

我家公相家，剑佩尝丁当。

旧第开朱门，长安城中央。

第中无一物，万卷书满堂。

家集二百编,上下驰皇王。

多是抚州写,今来五纪强。

尚可与尔读,助尔为贤良。

经书括根本,史书阅兴亡。

高摘屈宋艳,浓薰班马香。

李杜泛浩浩,韩柳摩苍苍。

近者四君子,与古争强梁。

愿尔一祝后,读书日日忙。

一日读十纸,一月读一箱。

朝廷用文治,大开官职场。

愿尔出门去,取官如驱羊。

吾兄苦好古,学问不可量。

昼居府中治,夜归书满床。

后贵有金玉,必不为汝藏。

崔昭生崔芸,李兼生窟郎。

堆钱一百屋,破散何披猖。

今虽未即死,饿冻几欲僵。

参军与县尉,尘土惊劻襄。

一语不中治,笞棰身满疮。

官罢得丝发,好买百树桑。

税钱未输足,得米不敢尝。

愿尔闻我语,欢喜入心肠。

大明帝宫阙,杜曲我池塘。

我若自潦倒,看汝争翱翔。

总语诸小道,此诗不可忘。

李甘诗

太和八九年，训注极虓虎。

潜身九地底，转上青天去。

四海镜清澄，千官云片缕。

公私各闲暇，追游日相伍。

岂知祸乱根，枝叶潜滋莽。

九年夏四月，天诚若言语。

烈风驾地震，狞雷驱猛雨。

夜于正殿阶，拔去千年树。

吾君不省觉，二凶日威武。

操持北斗柄，开闭天门路。

森森明庭士，缩缩循墙鼠。

平生负奇节，一旦如奴虏。

指名为锢党，状迹谁告诉？

喜无李杜诛，敢惮髡钳苦。

时当秋夜月，日值曰庚午。

喧喧皆传言，明晨相登注。

予时与和鼎，官班各持斧。

和鼎顾予言，我死知处所。

当廷裂诏书，退立须鼎俎。

君门晓日开，赭案横霞布。

俨雅千官容，勃郁吾累怒。

适属命鄘将，昨之传者误。

明日诏书下，谪斥南荒去。

夜登青泥坂，坠车伤左股。

病妻尚在床，稚子初离乳。

幽兰思楚泽,恨水啼湘渚。

恍恍三闾魂,悠悠一千古。

其冬二凶败,涣汗开汤罟。

贤者须丧亡,谗人尚堆堵。

予于后四年,谏官事明主。

常欲雪幽冤,于时一裨补。

拜章岂艰难,胆薄多忧惧。

如何牛斗气,竟作炎荒土。

题此涕滋笔,以代投湘赋。

洛中送冀处士东游

处士有儒术,走可挟车辀。

坛宇宽帖帖,符彩高酋酋。

不爱事耕稼,不乐干王侯。

四十余年中,超超为浪游。

元和五六岁,客于幽魏州。

幽魏多壮士,意气相淹留。

刘济愿跪履,田兴请建筹。

处士拱两手,笑之但掉头。

自此南走越,寻山入罗浮。

愿学不死药,粗知其来由。

却于童顶上,萧萧玄发抽。

我作八品吏,洛中如系囚。

忽遭冀处士,豁若登高楼。

拂榻与之坐,十日语不休。

论今星灿灿,考古寒飕飕。

治乱掘根本,蔓延相牵钩。

武事何骏壮，文理何优柔。

颜回捧俎豆，项羽横戈矛。

祥云绕毛发，高浪开咽喉。

但可感鬼神，安能为献酬。

好入天子梦，刻像来尔求。

胡为去吴会，欲浮沧海舟。

赠以蜀马棰，副之胡罽裘。

饯酒载三斗，东郊黄叶稠。

我感有泪下，君唱高歌酬。

嵩山高万尺，洛水流千秋。

往事不可问，天地空悠悠。

四百年炎汉，三十代宗周。

二三里遗堵，八九所高丘。

人生一世内，何必多悲愁。

歌阕解携去，信非吾辈流。

送沈处士赴苏州李中丞招以诗赠行

山城树叶红，下有碧溪水。

溪桥向吴路，酒旗夸酒美。

下马此送君，高歌为君醉。

念君苞材能，百工在城垒。

空山三十年，鹿裘挂窗睡。

自言陇西公，飘然我知己。

举酒属吴门，今朝为君起。

悬弓三百斤，囊书数万纸。

战贼即战贼，为吏即为吏。

尽我所有无，惟公之指使。

予曰陇西公，滔滔大君子。

常思抡群材，一为国家治。

譬如匠见木，碍眼皆不弃。

大者粗十围，小者细一指。

楔橛与栋梁，施之皆有位。

忽然竖明堂，一挥立能致。

予亦何为者，亦受公恩纪。

处士常有言，残虏为犬豕。

常恨两手空，不得一马棰。

今依陇西公，如虎傅两翅。

公非刺史材，当坐岩廊地。

处士魁奇姿，必展平生志。

东吴饶风光，翠巘多名寺。

疏烟靐靐秋，独酌平生思。

因书问故人，能忘批纸尾？

公或忆姓名，为说都憔悴。

长安送友人游湖南

子性剧弘和，愚衷深褊狷。

相舍嚚讼中，吾过何由鲜。

楚南饶风烟，湘岸苦萦宛。

山密夕阳多，人稀芳草远。

青梅繁枝低，斑笋新梢短。

莫哭葬鱼人，酒醒且眠饭。

皇 风

仁圣天子神且武，内兴文教外披攘。

以德化人汉文帝，侧身修道周宣王。

远蹊巢穴尽窒塞，礼乐刑政皆弛张。

何当提笔侍巡狩，前驱白旆吊河湟。

雪中书怀

腊雪一尺厚，云冻寒顽痴。

孤城大泽畔，人疏烟火微。

愤悱欲谁语，忧愠不能持。

天子号仁圣，任贤如事师。

凡称曰治具，小大无不施。

明庭开广敞，才隽受羁维。

如日月恒升，若鸾凤葳蕤。

人才自朽下，弃去亦其宜。

北虏坏亭障，闻屯千里师。

牵连久不解，他盗恐旁窥。

臣实有长策，彼可徐鞭笞。

如蒙一召议，食肉寝其皮。

斯乃庙堂事，尔微非尔知。

向来躐等语，长作陷身机。

行当腊欲破，酒齐不可迟。

且想春候暖，瓮间倾一卮。

雨中作

贱子本幽慵，多为隽贤侮。

得州荒僻中，更值连江雨。

一褐拥秋寒，小窗侵竹坞。

浊醪气色严，蟠腹瓶罂古。

酣酣天地宽，恍恍嵇刘伍。

但为适性情，岂是藏鳞羽。

一世一万朝，朝朝醉中去。

偶游石盎僧舍

敬岑草浮光，句沚水解脉。

益郁乍怡融，凝严忽颓坼。

梅额暖眠酣，风绪和无力。

凫浴涨汪汪，雏娇村幂幂。

落日美楼台，轻烟饰阡陌。

潋绿古津远，积润苔基释。

孰谓汉陵人，来作江汀客。

载笔念无能，捧筹惭所画。

任辔偶追闲，逢幽果遭适。

僧语淡如云，尘事繁堪织。

今古几辈人？而我何能息。

赴京初入汴口晓景即事先寄兵部李郎中

清淮控隋漕,北走长安道。

樯形栉栉斜,浪态迤迤好。

初旭红可染,明河澹如扫。

泽阔鸟来迟,村饥人语早。

露蔓虫丝多,风蒲燕雏老。

秋思高萧萧,客愁长袅袅。

因怀京洛间,宦游何戚草。

什伍持津梁,湏涌争追讨。

翾便诖可寻,几秘安能考。

小人乏馨香,上下将何祷。

惟有君子心,显豁知幽抱。

独 酌

长空碧杳杳,万古一飞鸟。

生前酒伴闲,愁醉闲多少。

烟深隋家寺,殷叶暗相照。

独佩一壶游,秋毫泰山小。

惜 春

春半年已除,其余强为有。

即此醉残花,便同尝腊酒。

怅望送春杯,殷勤扫花帚。

谁为驻东流,年年长在手?

题安州浮云寺楼寄湖州张郎中

去夏疏雨余,同倚朱栏语。

当时楼下水,今日到何处?

恨如春草多,事与孤鸿去。

楚岸柳何穷,别愁纷若絮。

过骊山作

始皇东游出周鼎,刘项纵观皆引颈。

削平天下实辛勤,却为道旁穷百姓。

黔首不愚尔益愚,千里函关囚独夫。

牧童火入九泉底,烧作灰时犹未枯。

池州送孟迟先辈

昔子来陵阳,时当苦炎热。

我虽在金台,头角长垂折。

奉披尘意惊,立语平生豁。

寺楼最骞轩,坐送飞鸟没。

一樽中夜酒,半破前峰月。

烟院松飘萧,风廊竹交戛。

时步郭西南,缭径苔圆折。

好鸟响丁丁,小溪光汃汃。

篱落见娉婷,机丝弄哑轧。

烟湿树姿娇,雨余山态活。

仲秋往历阳，同上牛矶歇。

大江吞天去，一练横坤抹。

千帆美满凤，晓日殷鲜血。

历阳裴太守，襟韵苦超越。

鞭鼓画麒麟，看君击狂节。

离袖飑应劳，恨粉啼还咽。

明年忝谏官，绿树秦川阔。

子提健笔来，势若夸父渴。

九衢林马挝，千门织车辙。

秦台破心胆，黟阵惊毛发。

子既屈一鸣，余固宜三刖。

慵忧长者来，病怯长街喝。

僧炉风雪夜，相对眠一褐。

暖灰重拥瓶，晓粥还分钵。

青云马生角，黄州使持节。

秦岭望樊川，祗得回头别。

商山四皓祠，心与摅蒲说。

大泽兼葭凤，孤城狐兔窟。

且复考诗书，无因见簪笏。

古训屹如山，古风冷刮骨。

周鼎列瓶罂，荆璧横抛掇。

力尽不可取，忽忽狂歌发。

三年未为苦，两郡非不达。

秋浦倚吴江，去楫飞青鹘。

溪山好画图，洞壑深闺闼。

竹冈森羽林，花坞团宫缬。

景物非不佳，独坐如鞲绁。

丹鹊东飞来，喃喃送君札。

呼儿旋供衫，走门空踏袜。

手把一枝物,桂花香带雪。

喜极至无言,笑余翻不悦。

人生直作百岁翁,亦是万古一瞬中。

我欲东召龙伯翁,上天揭取北斗柄。

蓬莱顶上斡海水,水尽到底看海空。

月于何处去? 日于何处来?

跳丸相趁走不住,

尧舜禹汤文武周孔皆为灰。

酌此一杯酒,与君狂且歌。

离别岂足更关意,衰老相随可奈何!

重　送

手捻金仆姑,腰悬玉辘轳。

爬头峰北正好去,系取可汗钳作奴。

六宫虽念相如赋,其那防边重武夫!

题池州弄水亭

弄水亭前溪,飐滟翠绡舞。

绮席草芊芊,紫岚峰伍伍。

蝀蝀得形势,翚飞如轩户。

一镜奁曲堤,万丸跳猛雨。

槛前燕雁栖,枕上巴帆去。

丛筱侍修廊,密蕙媚幽圃。

杉树碧为幢,花骈红作堵。

停樽迟晚月,咽咽上幽渚。

客舟耿孤灯,万里人夜语。

漫流胃苔槎，饥凫晒雪羽。

玄丝落钩饵，冰鳞看吞吐。

断霓天帔垂，狂烧汉旗怒。

旷朗半秋晓，萧瑟好风露。

光洁疑可揽，欲以襟怀贮。

幽抱吟九歌，羁情思湘浦。

四时皆异状，终日为良遇。

小山浸石棱，撑舟入幽处。

孤歌倚桂岩，晚酒眠松坞。

纡余带竹村，蚕乡足砧杵。

滕泉落环佩，畦苗差纂组。

风俗知所尚，豪强耻孤侮。

邻丧不相舂，公租无诟负。

农时贵伏腊，簧填事礼略。

乡校富华礼，征行产强弩。

不能自勉去，但愧来何暮。

故园汉上林，信美非吾土。

题宣州开元寺

南朝谢朓城，东吴最深处。

亡国去如鸿，遗寺藏烟坞。

楼飞九十尺，廊环四百柱。

高高下下中，风绕松桂树。

青苔照朱阁，白鸟两相语。

溪声入僧梦，月色晖粉堵。

阅景无旦夕，凭栏有今古。

留我酒一樽，前山看春雨。

大雨行

东垠黑风驾海水，海底卷上天中央。
三吴六月忽凄惨，晚后点滴来苍茫。
铮栈雷车轴辙壮，矫跃蛟龙爪尾长。
神鞭鬼驭载阴帝，来往喷洒何颠狂。
四面崩腾玉京仗，万里纵横羽林枪。
云缠风束乱敲磕，黄帝未胜蚩尤强。
百川气势苦豪俊，坤关密锁愁开张。
太和六年亦如此，我时壮气神洋洋。
东楼耸首看不足，恨无羽翼高飞翔。
尽召邑中豪健者，阔展朱盘开酒场。
奔觥槌鼓助声势，眼底不顾纤腰娘。
今年阛茸鬓已白，奇游壮观唯深藏。
景物不尽人自老，谁知前事堪悲伤？

自宣州赴官入京路
逢裴坦判官归宣州因题赠

敬亭山下百顷竹，中有诗人小谢城。
城高跨楼满金碧，下听一溪寒水声。
梅花落径香缭绕，雪白玉珰花下行。
萦风酒旆挂朱阁，半醉游人闻弄笙。
我初到此未三十，头脑钐利筋骨轻。
画堂檀板秋拍碎，一引有时联十觥。
老闲腰下丈二组，尘土高悬千载名。
重游鬓白事皆改，唯见东流春水平。

对酒不敢起，逢君还眼明。

云罍看人捧，波脸任他横。

一醉六十日，古来闻阮生。

是非离别际，始见醉中情。

今日送君话前事，高歌引剑还一倾。

江湖酒伴如相问，终老烟波不计程。

赠宣州元处士

陵阳北郭隐，身世两忘者。

蓬蒿三亩居，宽于一天下。

樽酒对不酌，默与玄相话。

人生自不足，爱叹遭逢寡。

史将军二首

长钲周都尉，闲如秋岭云。

取蛮弧登垒，以骈邻翼军。

百战百胜价，河南河北闻。

今遇太平日，老去谁怜君？

壮气盖燕赵，耽耽魁杰人。

弯弧五百步，长戟八十斤。

河湟非内地，安史有遗尘。

何日武台坐，兵符授虎臣？

华清宫三十韵

绣岭明珠殿，层峦下缭墙。

仰窥丹槛影，犹想赭袍光。

昔帝登封后，中原自古强。

一千年际会，三万里农桑。

几席延尧舜，轩墀接禹汤。

雷霆驰号令，星斗焕文章。

钧筑乘时用，芝兰在处芳。

北扉闲木索，南面富循良。

至道思玄圃，平居厌未央。

钧陈裹岩谷，文陛压青苍。

歌吹千秋节，楼台八月凉。

神仙高缥缈，环佩碎丁当。

泉暖涵窗镜，云娇惹粉囊。

嫩岚滋翠葆，清渭照红妆。

帖泰生灵寿，欢娱岁序长。

月闻仙曲调，霓作舞衣裳。

雨露偏金穴，乾坤入醉乡。

玩兵师汉武，回手倒干将。

黦鬣掀东海，胡牙揭上阳。

喧呼马嵬血，零落羽林枪。

倾国留无路，还魂怨有香。

蜀峰横惨澹，秦树远微茫。

鼎重山难转，天扶业更昌。

望贤余故老，花萼旧池塘。

往事人谁问，幽襟泪独伤。

碧檐斜送日，殷叶半凋霜。

迸水倾瑶砌，疏风镈玉房。

尘埃羯鼓索，片段荔枝筐。

鸟啄摧寒木，蜗涎蠹画梁。

孤烟知客恨，遥起秦陵傍。

长安杂题长句六首

舢棱金碧照山高，万国圭璋捧赭袍。

舐笔和铅欺贾马，赞功论道鄙萧曹。

东南楼日珠帘卷，西北天宛玉厄豪。

四海一家无一事，将军携镜泣霜毛。

晴云似絮惹低空，紫陌微微弄袖风。

韩嫣金丸莎覆绿，许公鞲汗杏黏红。

烟生窈窕深东第，轮撼流苏下北宫。

自笑苦无楼护智，可怜铅椠竟何功。

雨晴九陌铺江练，岚嫩千峰叠海涛。

南苑草芳眠锦雉，夹城云暖下霓旄。

少年羁络青纹玉，游女花簪紫蒂桃。

江碧柳深人尽醉，一瓢颜巷日空高。

束带谬趋文石陛，有章曾拜皂囊封。

期严无奈睡留癖，势窘犹为酒泥慵。

偷钓侯家池上雨，醉吟隋寺日沉钟。

九原可作吾谁与，师友琅琊邴曼容。

洪河清渭天池浚,太白终南地轴横。

祥云辉映汉宫紫,春光绣画秦川明。

草炉佳人钿朵色,风回公子玉衔声。

六飞南幸芙蓉苑,十里飘香入夹城。

丰貂长组金张辈,驷马文衣许史家。

白鹿原头回猎骑,紫云楼下醉江花。

九重树影连清汉,万寿山光学翠华。

谁识大君谦让德,一毫名利斗蛙蟆。

高秋企望题诗寄赠十韵

天子绣衣吏,东吴美退居。

有园同庾信,避事学相如。

兰畹晴香嫩,筠溪翠影疏。

江山九秋后,风月六朝余。

锦帙开诗轴,青囊结道书。

霜岩红薜荔,露沼白芙蕖。

睡雨高梧密,棋灯小阁虚。

冻醪元亮秫,寒鲙季鹰鱼。

尘意迷今古,云情识卷舒。

他年雪中棹,阳羡访吾庐。

李给事中敏二首

一章缄拜皂囊中,懔懔朝廷有古风。

元礼去归纶氏学,江充来见犬台宫。

纷纭白昼惊千古,铁锁朱殷几一空。

曲突徙薪人不会,海边今作钓鱼翁。

晚发闷还梳,忆君秋醉余。
可怜刘校尉,曾讼石中书。
消长虽殊事,仁贤每自如。
因看鲁褒论,何处是吾庐?

题永崇西平王宅太尉愬院六韵

天下无双将,关西第一雄。
授符黄石老,学剑白猿翁。
矫矫云长勇,恂恂卻縠风。
家呼小太尉,国号大梁公。
半夜龙骧去,中原虎穴空。
陇山兵十万,嗣子握雕弓。

东兵长句十韵

上党争为天下脊,邯郸四十万秦坑。
狂童何者欲专地,圣主无私岂玩兵。
玄象森罗摇北落,诗人章句咏东征。
雄如马武皆弹剑,少似终军亦请缨。
屈指庙堂无失策,垂衣尧舜待升平。
羽林东下雷霆怒,楚甲南来组练明。
即墨龙文光照曜,常山蛇阵势纵横。
落雕都尉万人敌,黑矟将军一鸟轻。
渐见长围云欲合,可怜穷垒带犹萦。
凯歌应是新年唱,便逐春风浩浩声。

过魏文贞公宅

蟪蛄宁与雪霜期，贤哲难教俗士知。

可怜贞观太平后，天且不留封德彝。

书怀四韵

御水初消冻，宫花尚怯寒。

千峰横紫翠，双阙凭栏干。

玉漏轻风顺，金茎淡日残。

王乔在何处，清汉正骖鸾。

秋晚与沈十七舍人期游樊川不至

邀侣以官解，泛然成独游。

川光初媚日，山色正矜秋。

野竹疏还密，岩泉咽复流。

杜村连滴水，晚步见垂钓。

念昔游三首(其二)

云门寺外逢猛雨，林黑山高雨脚长。

曾奉郊宫为近侍，分明攫攫羽林枪。

次第归降臣获睹圣功辄献歌咏

捷书皆应睿谋期,十万曾无一镞遗。
汉武惭夸朔方地,宣王休道太原师。
威加塞外寒来早,恩入河源冻合迟。
听取满城歌舞曲,凉州声韵喜参差。

合咏盛明呈上三相公长句四韵

行看腊破好年光,万寿南山对未央。
黠戛可汗修职贡,文思天子复河湟。
应须日御西巡狩,不假星弧北射狼。
吉甫裁诗歌盛业,一篇江汉美宣王。

过华清宫绝句三首(其三)

万国笙歌醉太平,倚天楼殿月分明。
云中乱拍禄山舞,风过重峦下笑声。

登乐游原

长空澹澹孤鸟没,万古销沉向此中。
看取汉家何事业,五陵无树起秋风。

闻庆州赵纵使君与党项战中箭身死长句

将军独乘铁骢马，榆溪战中金仆姑。
死绥却是古来有，骁将自惊今日无。
青史文章争点笔，朱门歌舞笑捐躯。
谁知我亦轻生者，不得君王丈二殳。

送容州唐中丞赴镇

交阯同星座，龙泉似斗文。
烧香翠羽帐，看舞郁金裙。
鹢首冲泷浪，犀渠拂岭云。
莫教铜柱北，空说马将军。

夏州崔常侍自少常亚列出领麾幢十韵

帝命诗书将，坛登礼乐卿。
三边要高枕，万里得长城。
对客犹褒博，填门已旆旌。
腰间五绶贵，天下一家荣。
野水差新燕，芳郊晴夏莺。
别风嘶玉勒，残日望金茎。
榆塞孤烟媚，银川绿草明。
戈矛虢虎士，弓箭落雕兵。
魏绛言堪采，陈汤事偶成。
若须垂竹帛，静胜是功名。

街西长句

碧池新涨浴娇鸦，分锁长安富贵家。
游骑偶同人斗酒，名园相倚杏交花。
银鞦骢袅嘶宛马，绣鞍璁珑走钿车。
一曲将军何处笛？连云芳树日初斜。

春申君

烈士思酬国士恩，春申谁与快冤魂？
三千宾客总珠履，欲使何人杀李园？

奉陵宫人

相如死后无词客，延寿亡来绝画工。
玉颜不是黄金少，泪滴秋山入寿宫。

春日言怀寄虢州李常侍十韵

岸藓生红药，岩泉涨碧塘。
地分莲岳秀，草接鼎原芳。
雨派潨漎急，风畦芷若香。
织篷眠舴艋，惊梦起鸳鸯。
论吐开冰室，诗成曝锦张。
貂簪荆玉润，丹穴凤毛光。
今日还珠守，何年执戟郎？

且嫌游昼短，莫问积薪场。

无计披清裁，唯持祝寿觞。

愿公如卫武，百岁尚康强。

粗有薄产叙旧述怀因献长句四韵

冥鸿不下非无意，塞马归来是偶然。

紫绶公卿今放旷，白头郎吏尚留连。

终南山下抛泉洞，阳羡溪中买钓船。

欲与明公操履杖，愿闻休去是何年。

赠李处士长句四韵

玉函怪牒锁灵篆，紫洞香风吹碧桃。

老翁四目牙爪利，掷火万里精神高。

霭霭祥云随步武，累累秋冢叹蓬蒿。

三山朝去应非久，姹女当窗绣羽袍。

重送绝句

绝艺如君天下少，闲人似我世间无。

别后竹窗风雪夜，一灯明暗覆吴图。

少年行

连环羁玉声光碎，绿锦蔽泥虬卷高。

春风细雨走马去，珠落璀璀白罽袍。

镇全蜀诗十八韵

盛业冠伊唐,台阶翊戴光。

无私天雨露,有截舜衣裳。

蜀辍新衡镜,池留旧凤凰。

同心真石友,写恨蔑河梁。

虎骑摇风旆,貂冠韵水苍。

彤弓随武库,金印逐文房。

栈压嘉陵咽,峰横剑阁长。

前驱二星去,开险五丁忙。

回首峥嵘尽,连天草树芳。

丹心悬魏阙,往事怆甘棠。

治化轻诸葛,威声慑夜郎。

君平教说卦,犬子召升堂。

塞接西山雪,桥维万里樯。

夺霞红锦烂,扑地酒垆香。

忝逐三千客,曾依数仞墙。

滞顽堪白屋,攀附亦周行。

肉管伶伦曲,箫韶清庙章。

唱高知和寡,小子斐然狂。

朱 坡

下杜乡园古,泉声绕舍啼。

静思长惨切,薄宦与乖暌。

北阙千门外,南山午谷西。

倚川红叶岭,连寺绿杨堤。

迥野翘霜鹤，澄潭舞锦鸡。

涛惊堆万岫，舸急转千溪。

眉点萱芽嫩，风条柳幄迷。

岸藤梢虺尾，沙渚印麑蹄。

火燎湘桃坞，波光碧绣畦。

日痕絙翠巘，陂影堕晴霓。

蜗壁斓斑薛，银筵豆蔻泥。

洞云生片段，苔径缭高低。

偃蹇松公老，森严竹阵齐。

小莲娃欲语，幽笋稚相携。

汉馆留余趾，周台接故蹊。

蟠蛟冈隐隐，斑雉草萋萋。

树老萝纤组，岩深石启闺。

侵窗紫桂茂，拂面翠禽栖。

有计冠终挂，无才笔漫提。

自尘何太甚，休笑触藩羝。

早春寄岳州李使君李善棋爱酒情地闲雅

城高倚峭巘，地胜足楼台。

朔漠暖鸿去，潇湘春水来。

萦盈几多思，掩抑若为裁。

返照三声角，寒香一树梅。

乌林芳草远，赤壁健帆开。

往事空遗恨，东流岂不回。

分符颍川政，吊屈洛阳才。

拂匣调珠柱，磨铅勘玉杯。

棋翻小窟势，垆拔冻醪醅。

此兴予非薄，何时得奉陪？

送王侍御赴夏口座主幕

君为珠履三千客，我是青衿七十徒。
礼数全优知隗始，讨论常见念回愚。
黄鹤楼前春水阔，一杯还忆故人无？

自 贻

杜陵萧次君，迁少去官频。
寂寞怜吾道，依稀似古人。
饰心无彩缋，到骨是风尘。
自嫌如匹素，刀尺不由身。

自 遣

四十已云老，况逢忧窘余。
且抽持板手，却展小年书。
嗜酒狂嫌阮，知非晚笑蘧。
闻流宁叹吒，待俗不亲疏。
遇事知裁剪，操心识卷舒。
还称二千石，于我意如何？

题桐叶

去年桐落故溪上，把叶因题归燕诗。
江楼今日送归燕，正是去年题叶时。

叶落燕归真可惜，东流玄发且无期。

笑筵歌席反惆怅，朗月清风见别离。

庄叟彭殇同在梦，陶潜身世两相遗。

一九五色成虚语，石烂松薪更莫疑。

哆哆不劳文似锦，进趋何必利如锥。

钱神任尔知无敌，酒圣于吾亦庶几。

江畔秋光蟾阁镜，槛前山翠茂陵眉。

樽香轻泛数枝菊，檐影斜侵半局棋。

休指宦游论巧拙，只将愚直祷神祇。

三吴烟水平生念，宁向闲人道所之。

李和鼎

鹏鸟飞来庚子直，谪去日蚀辛卯年。

由来枉死贤才事，消长相持势自然。

赠沈学士张歌人

拖袖事当年，郎教唱客前。

断时轻裂玉，收处远缭烟。

孤直缥云定，光明滴水圆。

泥情迟急管，流恨咽长弦。

吴苑春风起，河桥酒斾悬。

凭君更一醉，家在杜陵边。

忆游朱坡四韵

秋草樊川路，斜阳覆盎门。
猎逢韩嫣骑，树识馆陶园。
带雨经荷沼，盘烟下竹村。
如今归不得，自戴望天盆。

朱坡绝句三首

故国池塘倚御渠，江城三诏换鱼书。
贾生辞赋恨流落，只向长沙住岁余。

烟深苔巷唱樵儿，花落寒轻倦客归。
藤岸竹洲相掩映，满池春雨鹏鹈飞。

乳肥春洞生鹅管，沼避回岩势犬牙。
自笑卷怀头角缩，归盘烟磴恰如蜗。

出宫人二首

闲吹玉殿昭华管，醉折梨园缥蒂花。
十年一梦归人世，绛缕犹封系臂纱。

平阳拊背穿驰道，铜雀分香下壁门。
几向缀珠深殿里，妒抛羞态卧黄昏。

独 酌

窗外正风雪,拥炉开酒缸。

何如钓船雨,篷底睡秋江。

醉 眠

秋醪雨中熟,寒斋落叶中。

幽人本多睡,更酌一樽空。

不饮赠酒

细算人生事,彭殇共一筹。

与愁争底事,要尔作戈矛?

昔事文皇帝三十二韵

昔事文皇帝,叨官在谏垣。

奏章为得地,齰齿负明恩。

金虎知难动,毛鸷亦耻言。

撩头虽欲吐,到口却成吞。

照胆常悬镜,窥天自戴盆。

周钟既窈槭,黥阵亦瘢痕。

凤阙觚棱影,仙盘晓日暾。

雨晴文石滑,风暖戟衣翻。

每虑号无告,长忧骇不存。

随行唯跼蹐，出语但寒暄。
宫省咽喉任，戈矛羽卫屯。
光尘皆影附，车马定西奔。
亿万持衡价，锱铢挟契论。
堆时过北斗，积处满西园。
接棹隋河溢，连蹄蜀栈刓。
漉空沧海水，搜尽卓王孙。
斗巧猴雕刺，夸趫索挂跟。
狐威假白额，枭啸得黄昏。
馥馥芝兰圃，森森枳棘藩。
吠声嗾国猘，公议怯膺门。
窜逐诸丞相，苍茫远帝阍。
一名为吉士，谁免吊湘魂。
间世英明主，中兴道德尊。
昆冈怜积火，河汉注清源。
川口堤防决，阴车鬼怪掀。
重云开朗照，九地雪幽冤。
我实刚肠者，形甘短褐髡。
曾经触虿尾，犹得凭熊轩。
杜若芳洲翠，严光钓濑喧。
溪山侵越角，封壤尽吴根。
客恨萦春细，乡愁压思繁。
祝尧千万寿，再拜揖余樽。

句四韵呈上三君子

九金神鼎重丘山，五玉诸侯杂佩环。
星座通霄狼鬣暗，戍楼吹笛虎牙闲。

斗间紫气龙埋狱,天上洪炉帝铸颜。

若念西河旧交友,鱼符应许出函关。

杏 园

夜来微雨洗芳尘,公子骅骝步贴匀。

莫怪杏园憔悴去,满城多少插花人。

春晚题韦家亭子

拥鼻侵襟花草香,高台春去恨茫茫。

蔫红半落平池晚,曲渚飘成锦一张。

过田家宅

安邑南门外,谁家板筑高。

奉诚园里地,墙缺见蓬蒿。

见宋拾遗题名处感而成诗

窜逐穷荒与死期,饿唯蒿藋病无医。

怜君更抱重泉恨,不见崇山谪去时。

雪晴访赵嘏街西所居三韵

命代风骚将,谁登李杜坛。

少陵鲸海动,翰苑鹤天寒。

今日访君还有意,二条冰雪独来看。

洛阳长句二首

草色人心相与闲,是非名利有无间。

桥横落照虹堪画,树锁千门鸟自还。

芝盖不来云杳杳,仙舟何处水溅溅?

君王谦让泥金事,苍翠空高万岁山。

天汉东穿白玉京,日华浮动翠光生。

桥边游女佩环委,波底上阳金碧明。

月锁名园孤鹤唳,川酣秋梦蛰龙声。

连昌绣岭行宫在,玉辇何时父老迎?

洛中监察病假满送韦楚老拾遗归朝

洛桥风暖细翻衣,春引仙官去玉墀。

独鹤初冲太虚日,九牛新落一毛时。

行开教化期君是,卧病神祇祷我知。

十载丈夫堪耻处,朱云犹掉直言旗。

东都送郑处诲校书归上都

悠悠渠水清，雨霁洛阳城。

槿堕初开艳，蝉闻第一声。

故人容易去，白发等闲生。

此别无多语，期君晦盛名。

故洛阳城有感

一片宫墙当道危，行人为汝去迟迟。

篳圭苑里秋风后，平乐馆前斜日时。

锢党岂能留汉鼎，清谈空解识胡儿。

千烧万战坤灵死，惨惨终年鸟雀悲。

扬州三首

炀帝雷塘土，迷藏有旧楼。

谁家唱《水调》，明月满扬州。

骏马宜闲出，千金好暗投。

喧阗醉年少，半脱紫茸裘。

秋风放萤苑，春草斗鸡台。

金络擎雕去，鸾环拾翠来。

蜀船红锦重，越橐水沉堆。

处处皆华表，淮王奈却回。

街垂千步柳，霞映两重城。

天碧台阁丽，风凉歌管清。

纤腰间长袖，玉佩杂繁缨。

栀轴诚为壮，豪华不可名。

自是荒淫罪，何妨作帝京。

润州二首(其二)

谢朓诗中佳丽地，夫差传里水犀军。

城高铁瓮横强弩，柳暗朱楼多梦云。

画角爱飘江北去，钓歌长向月中闻。

扬州尘土试回首，不惜千金借与君。

西江怀古

上吞巴汉控潇湘，怒似连山净镜光。

魏帝缝囊真戏剧，苻坚投箠更荒唐。

千秋钓舸歌《明月》，万里沙鸥弄夕阳。

范蠡清尘何寂寞，好风唯属往来商。

江南怀古

车书混一业无穷，井邑山川今古同。

戊辰年向金陵过，惆怅闲吟忆庾公。

将赴宣州留题扬州禅智寺

故里溪头松柏双，来时尽日倚松窗。
杜陵隋苑已绝国，秋晚南游更渡江。

句溪夏日送卢霈秀才归王屋山将欲赴举

野店正纷泊，茧蚕初引丝。
行人碧溪渡，系马绿杨枝。
苒苒迹始去，悠悠心所期。
秋山念君别，惆怅桂花时。

自宣城赴官上京

潇洒江湖十过秋，酒杯无日不迟留。
谢公城畔溪惊梦，苏小门前柳拂头。
千里云山何处好？几人襟韵一生休？
尘冠挂却知闲事，终把蹉跎访旧游。

春末题池州弄水亭

使君四十四，两佩左铜鱼。
为吏非循吏，论书读底书？
晚花红艳静，高树绿阴初。
亭宇清无比，溪山画不如。
嘉宾能啸咏，宫妓巧妆梳。

逐日愁皆碎,随时醉有余。

偃须求五鼎,陶只爱吾庐。

趣向人皆异,贤豪莫笑渠。

齐安郡晚秋

柳岸风来影渐疏,使君家似野人居。

云容水态还堪赏,啸志歌怀亦自如。

雨暗残灯棋散后,酒醒孤枕雁来初。

可怜赤壁争雄渡,惟有蓑翁坐钓鱼。

池州春送前进士蒯希逸

芳草复芳草,断肠还断肠。

自然堪下泪,何必更残阳。

楚岸千万里,燕鸿三两行。

有家归不得,况举别君觞。

齐安郡中偶题二首(其二)

秋声无不搅离心,梦泽蒹葭楚雨深。

自滴阶前大梧叶,干君何事动哀吟?

池州李使君没后十一日
处州新命始到后见归妓感而成诗

缙云新命诏初行，才是孤魂寿器成。

黄壤不知新雨露，粉书空换旧铭旌。

巨卿哭处云空断，阿鹜归来月正明。

多少四年遗爱事，乡闾生子李为名。

见刘秀才与池州妓别

远风南浦万重波，未似生离别恨多。

楚管能吹柳花怨，吴姬争唱竹枝歌。

金钗横处绿云堕，玉箸凝时红粉和。

待得枚皋相见日，自应妆镜笑蹉砣。

池州废林泉寺

废寺碧溪上，颓垣倚乱峰。

看栖归树鸟，犹想过山钟。

石路寻僧去，此生应不逢。

忆齐安郡

平生睡足处，云梦泽南州。

一夜风欺竹，连江雨送秋。

格卑常泪汩，力学强悠悠。

终掉尘中手，潇湘钓漫流。

池州清溪

弄溪终日到黄昏,照数秋来白发根。

何物赖君千遍洗,笔头尘土渐无痕。

游池州林泉寺金碧洞

袖拂霜林下石棱,潺湲声断满溪冰。

携茶腊月游金碧,合有文章病茂陵。

即事黄州作

因思上党三年战,闲咏周公七月诗。

竹帛未闻书死节,丹青空见画灵旗。

萧条井邑如鱼尾,早晚干戈识虎皮。

莫笑一麾东下计,满江秋浪碧参差。

赠李秀才是上公孙子

骨清年少眼如冰,凤羽参差五色层。

天上麒麟时一下,人间不独有徐陵。

寄李起居四韵

楚女梅簪白雪姿，前溪碧水冻醪时。
云鬟心凸知难捧，凤管簧寒不受吹。
南国剑眸能盼眄，侍臣香袖爱傲垂。
自怜穷律穷途客，正劫孤灯一局棋。

题池州贵池亭

势比凌歊宋武台，分明百里远帆开。
蜀江雪浪西江满，强半春寒去却来。

兰　溪

兰溪春尽碧決決，映水兰花雨发香。
楚国大夫憔悴日，应寻此路去潇湘。

睦州四韵

州在钓台边，溪山实可怜。
有家皆掩映，无处不潺湲。
好树鸣幽鸟，晴楼入野烟。
残春杜陵客，中酒落花前。

秋晚早发新定

解印书千轴，重阳酒百缸。

凉风满红树，晓月下秋江。

岩壑会归去，尘埃终不降。

悬缨未敢濯，严濑碧淙淙。

除官归京睦州雨霁

秋半吴天霁，清凝万里光。

水声侵笑语，岚翠扑衣裳。

远树疑罗帐，孤云认粉囊。

溪山侵两越，时节到重阳。

顾我能甘贱，无由得自强。

误曾公触尾，不敢夜循墙。

岂意笼飞鸟，还为锦帐郎。

网今开傅燮，书旧识黄香。

蛇女真虚语，饥儿欲一行。

浅深须揭厉，休更学张纲。

夜泊桐庐先寄苏台卢郎中

水槛桐庐馆，归舟系石根。

笛吹孤戍月，犬吠隔溪村。

十载违清裁，幽怀未一论。

苏台菊花节，何处与开樽？

新转南曹未叙朝散初秋暑
退出守吴兴书此篇以自见志

捧诏汀洲去，全家羽翼飞。

喜抛新锦帐，荣借旧朱衣。

且免材为累，何妨拙有机。

宋株聊自守，鲁酒怕旁围。

清尚宁无素，光阴亦未晞。

一杯宽幕席，五字弄珠玑。

越浦黄柑嫩，吴溪紫蟹肥。

平生江海志，佩得左鱼归。

题白蘋洲

山鸟飞红带，亭薇拆紫花。

溪光初透彻，秋色正清华。

静处知生乐，喧中见死夸。

无多珪组累，终不负烟霞。

题茶山

山实东吴秀，茶称瑞草魁。

剖符虽俗吏，修贡亦仙才。

溪尽停蛮棹，旗张卓翠苔。

柳村穿窈窕，松涧渡喧豗。

等级云峰峻，宽平洞府开。

拂天闻笑语，特地见楼台。

泉嫩黄金涌，牙香紫璧裁。

拜章期沃日，轻骑疾奔雷。

舞袖岚侵涧，歌声谷答回。

磬音藏叶鸟，雪艳照潭梅。

好是全家到，兼为奉诏来。

树阴香作帐，花径落成堆。

景物残三月，登临怆一杯。

重游难自克，俯首入尘埃。

茶山下作

春风最窈窕，日晓柳村西。

娇云光占岫，健水鸣分溪。

燎岩野花远，戛瑟幽鸟啼。

把酒坐芳草，亦有佳人携。

入茶山下题水口草市绝句

倚溪侵岭多高树，夸酒书旗有小楼。

惊起鸳鸯岂无恨，一双飞去却回头。

春日茶山病不饮酒因呈宾客

笙歌登画船，十日清明前。

山秀白云腻，溪光红粉鲜。

欲开未开花，半阴半晴天。

谁知病太守，犹得作茶仙。

不饮赠官妓

芳草正得意，汀洲日欲西。

无端千树柳，更拂一条溪。

几朵梅堪折，何人手好携。

谁怜佳丽地，春恨却凄凄。

早春赠军事薛判官

雪后新正半，春来四刻长。

晴梅朱粉艳，嫩水碧罗光。

弦管开双调，花钿坐两行。

唯君莫惜醉，认取少年场。

代吴兴妓春初寄薛军事

雾冷侵红粉，春阴扑翠钿。

自悲临晓镜，谁与惜流年？

柳暗霏微雨，花愁黯淡天。

金钗有几只，抽当酒家钱。

八月十二日得替后移居雪溪馆因题长句四韵

万家相庆喜秋成,处处楼台歌板声。
千岁鹤归犹有恨,一年人住岂无情。
夜凉溪馆留僧话,风定苏潭看月生。
景物登临闲始见,愿为闲客此闲行。

栽 竹

本因遮日种,却似为溪移。
历历羽林影,疏疏烟露姿。
萧骚寒雨夜,敲劼晚风时。
故国何年到,尘冠挂一枝。

梅

轻盈照溪水,掩敛下瑶台。
妒雪聊相比,欺春不逐来。
偶同佳客见,似为冻醪开。
若在秦楼畔,堪为弄玉媒。

山石榴

似火山榴映小山,繁中能薄艳中闲。
一朵佳人玉钗上,只疑烧却翠云鬟。

柳长句

日落水流西复东,春光不尽柳何穷。
巫娥庙里低含雨,宋玉宅前斜带风。
莫将榆荚共争翠,深感杏花相映红。
灞上汉南千万树,几人游宦别离中。

隋堤柳

夹岸垂杨三百里,只应图画最相宜。
自嫌流落西归疾,不见东风二月时。

柳绝句

数树新开翠影齐,倚风情态被春迷。
依依故国樊川恨,半掩村桥半拂溪。

独　柳

含烟一株柳,拂地摇风久。
佳人不忍折,怅望回纤手。

鸂 鶒

芝茎抽绀趾,清唳掷金梭。
日翅闲张锦,风池去冒罗。
静眠依翠荇,暖戏折高荷。
山阴岂无尔,茧字换群鹅。

鹦 鹉

华堂日渐高,雕槛系红绦。
故国陇山树,美人金剪刀。
避笼交翠尾,镈嘴静新毛。
不念三缄事,世途皆尔曹。

鹤

清音迎晓月,愁思立寒蒲。
丹顶西施颊,霜毛四皓须。
碧云行止躁,白鹭性灵粗。
终日无群伴,溪边吊影孤。

鸦

扰扰复翻翻,黄昏扬冷烟。
毛欺皇后发,声感楚姬弦。
蔓垒盘风下,霜林接翅眠。
只如西旅样,头白岂无缘。

鹭鸶

雪衣雪发青玉嘴，群捕鱼儿溪影中。
惊飞远映碧山去，一树梨花落晚风。

村舍燕

汉宫一百四十五，多下珠帘闭琐窗。
何处营巢夏将半，茅檐烟里语双双。

归燕

画堂歌舞喧喧地，社去社来人不看。
长是江楼使君伴，黄昏犹待倚栏干。

伤猿

独折南园一朵梅，重寻幽坎已生苔。
无端晚吹惊高树，似裒长枝欲下来。

还俗老僧

雪发不长寸，秋寒力更微。
独寻一径叶，犹挈衲残衣。
日暮千峰里，不知何处归。

斫 竹

寺废竹色死，宦家宁尔留。

霜根渐随斧，风玉尚敲秋。

江南苦吟客，何处送悠悠。

将赴湖州留题亭菊

陶菊手自种，楚兰心有期。

遥知渡江日，正是撷芳时。

折 菊

篱东菊径深，折得自孤吟。

雨中衣半湿，拥鼻自知心。

云

尽日看云首不回，无心都大似无才。

可怜光彩一片玉，万里晴天何处来？

醉后题僧院

离心忽忽复凄凄，雨晦倾瓶取醉泥。

可羡高僧共心语，一如携稚往东西。

题禅院

觥船一棹百分空,十岁青春不负公。
今日鬓丝禅榻畔,茶烟轻扬落花风。

哭李给事中敏

阳陵郭门外,陂陁丈五坟。
九泉如结友,兹地好埋君。

黄州竹径

竹浊蟠小径,屈折斗蛇来。
三年得归去,知绕几千回?

题敬爱寺楼

暮景千山雪,春寒百尺楼。
独登还独下,谁会我悠悠?

送刘秀才归江陵

彩服鲜华觐渚宫,鲈鱼新熟别江东。
刘郎浦夜侵船月,宋玉亭春弄袖风。
落落精神终有立,飘飘才思杳无穷。
谁人世上为金口,借取明时一荐雄?

见吴秀才与池妓别因成绝句

红烛短时羌笛怨,清歌咽处蜀弦高。
万里分飞两行泪,满江寒雨正萧骚。

湖南正初招李郢秀才

行乐及时时已晚,对酒当歌歌不成。
千里暮山重叠翠,一溪寒水浅深清。
高人以饮为忙事,浮世除诗尽强名。
看著白蘋芽欲吐,雪舟相访胜闲行。

赠朱道灵

刘根丹篆三千字,郭璞青囊两卷书。
牛渚矶南谢山北,白云深处有岩居。

哭韩绰

平明送葬上都门,绋翣交横逐去魂。
归来冷笑悲身事,唤妇呼儿索酒盆。

新定途中

无端偶效张文纪,下杜乡园别五秋。

重过江南更千里,万山深处一孤舟。

题新定八松院小石

雨滴珠玑碎,苔生紫翠重。

故关何日到?且看小三峰。

往年随故府吴兴公夜泊芜湖口今赴官西去再宿芜湖感旧伤怀因成十六韵

南指陵阳路,东流似昔年。

重恩山未答,双鬓雪飘然。

数仞惭投迹,群公愧拍肩。

驽骀蒙锦绣,尘土浴潺湲。

郭隗黄金峻,虞卿白璧鲜。

貔貅环玉帐,鹦鹉破蛮笺。

极浦沉碑会,秋花落帽筵。

旌旗明迥野,冠佩照神仙。

筹画言何补,优容道实全。

讴谣人扑地,鸡犬树连天。

紫凤超如电,青襟散似烟。

苍生未经济,坟草已芊绵。

往事唯沙月,孤灯但客船。

岘山云影畔，棠叶水声前。

故国还归去，浮生亦可怜。

高歌一曲泪，明日夕阳边。

怀钟陵旧游四首

一谒征南最少年，虞卿双璧截肪鲜。

歌谣千里春长暖，丝管高台月正圆。

玉帐军筹罗俊彦，绛帷环佩立神仙。

陆公余德机云在，如我酬恩合执鞭。

滕阁中春绮席开，柘枝蛮鼓殷晴雷。

垂楼万幕青云合，破浪千帆阵马来。

未掘双龙牛斗气，高悬一榻栋梁材。

连巴控越知何有？珠翠沉檀处处堆。

十顷平湖堤柳合，岸秋兰芷绿纤纤。

一声明月采莲女，四面朱楼卷画帘。

白鹭烟分光的的，微涟风定翠涵涵。

斜晖更落西山影，千步虹桥气象兼。

控压平江十万家，秋来江静镜新磨。

城头晚鼓雷霆后，桥上游人笑语多。

日落汀痕千里色，月当楼午一声歌。

昔年行乐秾桃畔，醉与龙沙拣蜀罗。

台城曲二首

整整复斜斜,隋旗簇晚沙。

门外韩擒虎,楼头张丽华。

谁怜容足地,却羡井中蛙。

王颂兵势急,鼓下坐蛮奴。

潋滟倪塘水,叉牙出骨须。

干芦一炬火,回首是平芜。

江上雨寄崔碣

春半平江雨,圆文破蜀罗。

声眠篷底客,寒湿钓来蓑。

暗澹遮山远,空濛著柳多。

此时怀旧恨,相望意如何?

罢钟陵幕吏十三年来泊湓浦感旧为诗

青梅雨中熟,樯倚酒旗边。

故国残春梦,孤舟一褐眠。

摇摇远堤柳,暗暗十程烟。

南奏钟陵道,无因似昔年。

商山富水驿

益戆由来未觉贤,终须南去吊湘川。
当时物议朱云小,后代声华白日悬。
邪佞每思当面唾,清贫长欠一杯钱。
驿名不合轻移改,留警朝天者惕然。

丹 水

何事苦萦回,离肠不自裁。
恨声随梦去,春态逐云来。
沉定蓝光彻,喧盘粉浪开。
翠岩三百尺,谁作子陵台?

除官赴阙商山道中绝句

水叠鸣珂树如帐,长杨春殿九门珂。
我来惆怅不自决,欲去欲住终如何?

汉 江

溶溶漾漾白鸥飞,绿净春深好染衣。
南去北来人自老,夕阳长送钓船归。

襄阳雪夜感怀

往事起独念，飘然自不胜。

前滩急夜响，密雪映寒灯。

的的三年梦，迢迢一线缏。

明朝楚山上，莫上最高层。

咏歌圣德远怀天宝因题关亭长句四韵

圣敬文思业太平，海寰天下唱歌行。

秋来气势洪河壮，霜后精神泰华狞。

广德者强朝万国，用贤无敌是长城。

君王若悟治安论，安史何人敢弄兵？

途中作

绿树南阳道，千峰势远随。

碧溪风澹态，芳树雨余姿。

野渡云初暖，征人袖半垂。

残花不一醉，行乐是何时？

重到襄阳哭亡友韦寿朋

故人坟树立秋风，伯道无儿迹更空。

重到笙歌分散地，隔江吹笛月明中。

云梦泽

日旗龙旆想飘扬，一索功高缚楚王。

直是超然五湖客，未如终始郭汾阳。

除官行至昭应闻友人出官因寄

贱子来千里，明公去一麾。

可能休涕泪，岂独感恩知。

草木穷秋后，山川落照时。

如何望故国，驱马却迟迟？

寄浙东韩乂评事

一笑五云溪上舟，跳丸日月十经秋。

鬓衰酒减欲谁泥，迹辱魂惭好自尤。

梦寐几回迷蛱蝶，文章应广《畔牢愁》。

无穷尘土无聊事，不得清言解不休。

初春有感寄歙州邢员外

雪涨前溪水，啼声已绕滩。

梅衰未减态，春嫩不禁寒。

迹去梦一觉，年来事百般。

闻君亦多感，何处倚阑干？

书怀寄中朝往还

平生自许少尘埃，为吏尘中势自回。

朱绂久惭官借与，白头还叹老将来。

须知世路难轻进，岂是君门不大开。

霄汉几多同学伴，可怜头角尽卿材。

寄崔钧

缄书报子玉，为我谢平津。

自愧扫门士，谁为乞火人。

词臣陪羽猎，战将骋骈邻。

两地差池恨，江汀醉送君。

初春雨中舟次和州横江裴使君见迎李赵二秀才同来因书四韵兼寄江南许浑先辈

芳草渡头微雨时，万株杨柳拂波垂。

蒲根水暖雁初浴，梅径香寒蜂未知。

辞客倚风吟暗淡，使君回马湿旌旗。

江南仲蔚多情调，怅望春阴几首诗。

和州绝句

江湖醉渡十年春，牛渚山边六问津。

历阳前事知何实，高位纷纷见陷人。

题横江馆

孙家兄弟晋龙骧，驰骋功名业帝王。
至竟江山谁是主？苔矶空属钓鱼郎。

寄沣州张舍人笛

发匀肉好生春岭，截玉钻星寄使君。
檀的染时痕半月，《落梅》飘处响穿云。
楼中戚凤倾冠听，沙上惊鸿掠水分。
遥想紫泥封诏罢，夜深应隔禁墙闻。

送李群玉赴举

故人别来面如雪，一榻拂云秋影中。
玉白花红三百首，五陵谁唱与春风？

送薛种游湖南

贾傅松醪酒，秋来美更香。
怜君片云思，一棹去潇湘。

题寿安县甘棠馆御沟

一渠东注芳华苑，苑锁池塘百岁空。
水殿半倾蟾口涩，为谁流下蓼花中？

汴河怀古

锦缆龙舟隋炀帝,平台复道汉梁王。

游人闲起前朝念,《折柳》孤吟断杀肠。

汴河阻冻

千里长河初冻时,玉珂瑶佩响参差。

浮生恰似冰底水,日夜东流人不知。

酬张祜处士见寄长句四韵

七子论诗谁似公? 曹刘须在指挥中。

荐衡昔日知文举,乞火无人作蒯通。

北极楼台长挂梦,西江波浪远吞空。

可怜故国三千里,虚唱歌辞满六宫。

寄宣州郑谏议

大夫官重醉江东,潇洒名儒振古风。

文石陛前辞圣主,碧云天外作冥鸿。

五言宁谢颜光禄,百岁须齐卫武公。

再拜宜同丈人行,过庭交分有无同。

题元处士高亭

水接西江天外声，小斋松影拂云平。

何人教我吹长笛，与倚春风弄月明。

郑瓘协律

广文遗韵留樗散，鸡犬图书共一船。

自说江湖不归事，阻风中酒过年年。

和野人殷潜之题筹笔驿十四韵

三吴裂婺女，九锡狱孤儿。

霸主业未半，本朝心是谁？

永安宫受诏，筹笔驿沉思。

画地乾坤在，濡毫胜负知。

艰难同草创，得失计毫厘。

寂默经千虑，分明浑一期。

川流萦智思，山耸助扶持。

慷慨匡时略，从容问罪师。

褒中秋鼓角，渭曲晚旌旗。

仗义悬无敌，鸣攻固有辞。

若非天夺去，岂复虑能支。

子夜星才落，鸿毛鼎便移。

邮亭世自换，白日事长垂。

何处躬耕者，犹题殄瘁诗？

重题绝句一首

邮亭寄人世,人世寄邮亭。

何如自筹度,鸿路有冥冥。

送陆洿郎中弃官东归

少微星动照春云,魏阙衡门路自分。

倏去忽来应有意,世间尘土谩疑君。

寄珉笛与宇文舍人

调高银字声还侧,物比柯亭韵校奇。

寄与玉人天上去,桓将军见不教吹。

寄内兄和州崔员外十二韵

历阳崔太守,何日不含情。

恩义同钟李,埙篪实弟兄。

光尘能混合,擘画最分明。

台阁仁贤誉,闺门孝友声。

西方像教毁,南海绣衣行。

金橐宁回顾,珠箪肯一枨。

只宜裁密诏,何自取专城?

进退无非道,徊翔必有名。

好风初婉软,离思苦萦盈。

金马旧游贵，桐庐春水生。

雨侵寒牖梦，梅引冻醪倾。

共祝中兴主，高歌唱太平。

遣 兴

镜弄白髭须，如何作老夫。

浮生长勿勿，儿小且呜呜。

忍过事堪喜，泰来忧胜无？

治平心径熟，不遣有穷途。

早 秋

疏雨洗空旷，秋标惊意新。

大热去酷吏，清风来故人。

樽酒酌未酌，晓花鬖不鬖。

铢秤与缕雪，谁觉老陈陈？

秋 思

热去解钳钛，飘萧秋半时。

微雨池塘见，好风襟袖知。

发短梳未足，枕凉闲且欹。

平生分过此，何事不参差。

途中一绝

镜中丝发悲来惯，衣上尘痕拂渐难。
惆怅江湖钓竿手，却遮西日向长安。

春尽途中

田园不事来游宦，故国谁教尔别离？
独倚关亭还把酒，一年春尽送春时。

题村舍

三树稚桑春未到，扶床乳女午啼饥。
潜销暗铄归何处？万指侯家自不知。

代人寄远

河桥酒旆风软，候馆梅花雪娇。
宛陵楼上瞪目，我郎何处情饶？
绣领任垂蓬髻，丁香闲结春梢。
剩肯新年归否？江南绿草迢迢。

闺 情

娟娟却月眉，新鬟学鸦飞。
暗砌匀檀粉，晴窗画夹衣。
袖红垂寂寞，眉黛敛依稀。
还向长陵去，今宵归不归？

旧 游

闲吟芍药诗，怅望久颦眉。
盼眄回眸远，纤衫整髻迟。
重寻春昼梦，笑把浅花枝。
小市长陵住，非郎谁得知？

寄 远

只影随惊雁，单栖锁画笼。
向春罗袖薄，谁念舞台风？

帘

徒云逢剪削，岂谓见偏装。
凤节轻雕日，鸾花薄饰香。
问屏何屈曲，怜帐解周防。
下渍金阶露，斜分碧瓦霜。
沉沉伴春梦，寂寂侍华堂。
谁见昭阳殿，真珠十二行。

寄题甘露寺北轩

曾上蓬莱宫里行,北轩栏槛最留情。
孤高堪弄桓伊笛,缥缈宜闻子晋笙。
天接海门秋水色,烟笼隋苑暮钟声。
他年会着荷衣去,不向山僧道姓名。

题青云馆

虬蟠千仞剧羊肠,天府由来百二强。
四皓有芝轻汉祖,张仪无地与怀王。
云连帐影萝阴合,枕绕泉声客梦凉。
深处会容高尚者,水苗三顷百株桑。

正初奉酬歙州刺史邢群

翠岩千尺倚溪斜,曾得严光作钓家。
越嶂远分丁字水,腊梅迟见二年花。
明时刀尺君须用,幽处田园我有涯。
一壑风烟阳羡里,解龟休去路非赊。

江上偶见绝句

楚乡寒食橘花时,野渡临风驻彩旗。
草色连云人去住,水纹如縠燕差池。

入商山

早入商山百里云,蓝溪桥下水声分。
流水旧声人旧耳,此回呜咽不堪闻。

偶 题

甘罗昔作秦丞相,子政曾为汉辇郎。
千载更逢王侍读,当时还道有文章。

送卢秀才一绝

春濑与烟远,送君孤棹开。
潺湲如不改,愁更钓鱼来。

醉 题

金镊洗霜鬓,银觞敌露桃。
醉头扶不起,三丈日还高。

题商山四皓庙一绝

吕氏强梁嗣子柔,我于天性岂恩仇。
南军不袒左边袖,四老安刘是灭刘。

题张处士山庄一绝

好鸟疑敲磬,风蝉认轧筝。
修篁与嘉树,偏倚半岩生。

有怀重送斛斯判官

苍苍烟月满川亭,我有劳歌一为听。
将取离魂随白骑,三台星里拜文星。

寄 远

前山极远碧云合,清夜一声《白雪》微。
欲寄相思千里月,溪边残照雨霏霏。

九 日

金英繁乱拂栏香,明府辞官酒满缸。
还有玉楼轻薄女,笑他寒燕一双双。

寄牛相公

汉水横冲蜀浪分,危楼点的拂孤云。
六年仁政讴歌去,柳远春堤处处闻。

为人题赠二首

我乏青云称，君无买笑金。

虚传南国貌，争奈五陵心。

桂席尘瑶佩，琼炉烬水沉。

凝魂空荐梦，低珥悔听琴。

月落珠帘卷，春寒锦幕深。

谁家楼上笛？何处月明砧？

兰径飞蝴蝶，筠笼语翠襟。

和簪抛凤髻，将泪入鸳衾。

的的新添恨，迢迢绝好音。

文园终病渴，休咏白头吟。

绿树莺莺语，平江燕燕飞。

枕前闻去雁，楼上送春归。

半月缃双脸，凝腰素一围。

西墙苔漠漠，南浦梦依依。

有恨簪花懒，无聊斗草稀。

雕笼长惨淡，兰畹谩芳菲。

镜敛青蛾黛，灯挑皓腕肌。

避人匀迸泪，拖袖倚残晖。

有貌虽桃李，单栖足是非。

云軿载驭去，寒夜看裁衣。

少年行

官为骏马监，职帅羽林儿。

两绶藏不见，落花何处期？

猎敲白玉镫，怒袖紫金锤。

田窦长留醉，苏辛曲让歧。

豪持出塞节，笑别远山眉。

捷报云台贺，公卿拜寿卮。

盆 池

凿破苍苔地，偷他一片天。

白云生镜里，明月落阶前。

有 寄

云阔烟深树，江澄水浴秋。

美人何处在？明月万山头。

斑竹筒簟

血染斑斑成锦纹，昔年遗恨至今存。

分明知是湘妃泣，何忍将身卧泪痕。

和严恽秀才落花

共惜流年留不得，且环流水醉流杯。
无情红艳年年盛，不恨凋零却恨开。

倡楼戏赠

细柳桥边深半春，缬衣帘里动香尘。
无端有寄闲消息，背插金钗笑向人。

初上船留寄

烟水本好尚，亲交何惨凄。
况为珠履客，即泊锦帆堤。
沙雁同船去，田鸦绕岸啼。
此时还有味，必卧日从西。

秋　岸

河岸微退落，柳影微雕疏。
船上听呼稚，堤南趁漉鱼。
数帆旗去疾，一艇箭回初。
曾入相思梦，因凭附远书。

过大梁闻河亭方宴赠孙子端

梁园纵玩归应少,赋雪搜才去必频。

板路岂缘无罚酒,不教客右更添人。

题吴兴消暑楼十二韵

晴日登攀好,危楼物象饶。

一溪通四境,万岫绕层霄。

鸟翼舒华屋,鱼鳞棹短桡。

浪花机乍织,云叶匠新雕。

台榭罗嘉卉,城池敞丽谯。

蟾蜍来作鉴,螮蛛引成桥。

燕任随秋叶,人空集早潮。

楚鸿行尽直,沙鹭立偏翘。

暮角凄游旅,清歌惨沈寥。

景牵游目困,愁托酒肠销。

远吹流松韵,残阳渡柳桥。

时陪庾公赏,还悟脱烦嚣。

奉送中丞姊夫俦自大理卿
出镇江西叙事书怀因成十二韵

惟帝忧南纪,搜贤与大藩。

梅仙调步骤,庾亮拂橐鞬。

一室何劳扫,三章自不冤。

精明如定国,孤峻似陈蕃。

灞岸秋犹嫩,蓝桥水始喧。

红旆挂石壁,黑稍断云根。

滕阁丹霄倚,章江碧玉奔。

一声仙妓唱,千里暮江痕。

私好初童稚,官荣见子孙。

流年休挂念,万事至无言。

玉辇君频过,冯唐将未论。

佣书酬万债,竹坞问樊村。

中丞业深韬略志在
功名再奉长句一篇兼有咨劝

樯似邓林江拍天,越香巴锦万千千。

滕王阁上《柘枝》鼓,徐孺亭西铁轴船。

八部元侯非不贵,万人师长岂无权。

要君严重疏欢乐,犹有河湟可下鞭。

和裴杰秀才新樱桃

新果真琼液,未应宴紫兰。

圆疑窃龙颔,色已夺鸡冠。

远火微微辨,繁星历历看。

茂先知味好,曼倩恨偷难。

忍用烹骓酪,从将玩玉盘。

流年如可驻,何必九华丹。

春 思

岂君心的的，嗟我泪涓涓。

绵羽啼来久，锦鳞书未传。

兽炉凝冷焰，罗幕蔽晴烟。

自是求佳梦，何须讶昼眠？

代人作

楼高春日早，屏束麝烟堆。

盼眄凝魂别，依稀梦雨来。

绿鬟羞妥么，红颊思天假。

斗草怜香蕙，簪花间雪梅。

戍辽虽咽切，游蜀亦迟回。

锦字梭悬壁，琴心月满台。

笑筵凝贝启，眠箔晓珠开。

腊破征车动，袍襟对泪裁。

偶题二首

劳劳千里身，襟袂满行尘。

深夜悬双泪，短亭思远人。

苍江程未息，黑水梦何频。

明月轻桡去，唯应钓赤鳞。

有恨秋来极，无端别后知。

夜阑终耿耿，明发竟迟迟。

信已凭鸿去，归唯与燕期。

只应明月见，千里两相思。

冬至日遇京使发寄舍弟

远信初逢双鲤去，他乡正遇一阳生。

樽前岂解愁家国，辇下唯能忆弟兄。

旅馆夜忧姜被冷，暮江寒觉晏裘轻。

竹门风过还惆怅，疑是松窗雪打声。

洛下送张曼容赴上党召

歌阕樽残恨起偏，凭君不用设离筵。

未趋雉尾随元老，且蹑羊肠过少年。

七叶汉貂真密近，一枝诜桂亦徒然。

羽书正急征兵地，须遣头风处处痊。

宣州留赠

红铅湿尽半罗裙，洞府人间手欲分。

满面风流虽似玉，四年夫婿恰如云。

当春离恨杯长满，倚柱关情日渐曛。

为报眼波须稳当，五陵游宕莫知闻。

寄题宣州开元寺

松寺曾同一鹤栖，夜深台殿月高低。

何人为倚东楼柱，正是千山雪涨溪。

赠张祜

诗韵一逢君，平生称所闻。

粉毫唯画月，琼尺只裁云。

鲸阵人人慑，秋星历历分。

数篇留别我，羞杀李将军。

残春独来南亭因寄张祜

暖云如粉草如茵，独步长堤不见人。

一岭桃花红锦黦，半溪山水碧罗新。

高枝百舌犹欺鸟，带叶梨花独送春。

仲蔚欲知何处在，苦吟林下拂诗尘。

宣州开元寺南楼

小楼才受一床横，终日看山酒满倾。

可惜和风夜来雨，醉中虚度打窗声。

寄远人

终日求人卜，回回道好音。

那时离别后，入梦到如今。

别沈处士

旧事参差梦，新程逦迤秋。

故人如见忆，时到寺东楼。

留　赠

舞靴应任闲人看，笑脸还须待我开。

不用镜前空有泪，蔷薇花谢即归来。

奉和仆射相公春泽稍愆圣君轸虑嘉雪忽降品汇昭苏即事书成四韵

飘来鸡树凤池边，渐压琼枝冻碧涟。

银阙双高银汉里，玉山横列玉墀前。

昭阳殿下风回急，承露盘中月彩圆。

上相抽毫歌帝德，一篇风雅美丰年。

寄李播评事

子列光殊价,明时忍自高。

宁无好舟楫,不泛恶风涛。

大翼终难戢,奇锋且自韬。

春来烟渚上,几净雪霜毫?

送牛相公出镇襄州

盛时常注意,南雍暂分茅。

紫殿辞明主,岩廊别旧交。

危幢侵碧雾,寒旆猎红旃。

德业悬秦镜,威声隐楚郊。

拜尘先洒泪,成厦昔容巢。

遥仰沉碑会,鸳鸯玉佩敲。

送薛邽二首

可怜走马骑驴汉,岂有风光肯占伊。

只有三张最惆怅,下山回马尚迟迟。

小捷风流已俊才,便将红粉作金台。

明年未去池阳郡,更乞春时却重来。

中国古典名著精华

见穆三十宅中庭梅榴花谢

矜红掩素似多才，不待樱桃不逐梅。
春到未曾逢宴赏，雨余争解免低徊。
巧穷南国千般艳，趁得东风二月开。
堪恨王孙浪游去，落英狼藉始归来。

留诲曹师等诗

万物有丑好，各一姿状分。
唯人即不尔，学与不学论。
学非探其花，要自拔其根。
孝友与诚实，而不忘尔言。
根本既深实，柯叶自滋繁。
念尔无忽此，期以庆吾门。

洛　阳

文争武战就神功，时似开元天宝中。
已建玄戈收相土，应回翠帽过离宫。
侯门草满宜寒兔，洛浦沙深下塞鸿。
疑有女娥西望处，上阳烟树正秋风。

寄唐州李玭尚书

累代功勋照世光，奚胡闻道死心降。
书功笔秃三千管，领节门排十六双。
先揖耿弇声寂寂，今看黄霸事揪揪。
时人欲识胸襟否？彭蠡秋连万里江。

登九峰楼

晴江滟滟含浅沙，高低绕郭滞秋花。
牛歌鱼笛山月上，鹭渚鸳梁溪日斜。
为郡异乡徒泥酒，杜陵芳草岂无家。
白头搔杀倚柱遍，归棹何时闻轧鸦？

别　家

初岁娇儿未识爷，别爷不拜手吒叉。
拊头一别三千里，何日迎门却到家？

归　家

稚子牵衣问，归来何太迟？
共谁争岁月，赢得鬓边丝？

雨

连云接塞添迢递,洒幕侵灯送寂寥。
一夜不眠孤客耳,主人窗外有芭蕉。

送　人

鸳鸯帐里暖芙蓉,低泣关山几万重。
明镜半边钗一股,此生何处不相逢?

遣　怀

道泰时还泰,时来命不来。
何当离城市,高卧博山隈。

醉赠薛道封

饮酒论文四百刻,水分云隔二三年。
男儿事业知公有,卖与明君直几钱?

歙州卢中丞见惠名酝

谁怜贱子启穷途,太守封来酒一壶。
攻破是非浑似梦,削平身世有如无。
醺醺若借嵇康懒,兀兀仍添宁武愚。
犹念悲秋更分赐,夹溪红蓼映风蒲。

咏 袜

钿尺裁量减四分，纤纤玉笋裹轻云。
五陵年少欺他醉，笑把花前出画裙。

宫词二首

蝉翼轻绡傅体红，玉肤如醉向春风。
深宫锁闭犹疑惑，更取丹沙试辟宫。

监宫引出暂开门，随例须朝不是恩。
银钥却收金锁合，月明花落又黄昏。

月

三十六宫秋夜深，昭阳歌断信沉沉。
唯应独伴陈皇后，照见长门望幸心。

忍死留别献盐铁裴相公二十叔

贤相辅明主，苍生寿域开。
青春辞白日，幽壤作黄埃。
岂是无多士，偏蒙不弃才。
孤坟三尺土，谁可为培栽？

悲吴王城

二月春风江上来，水精波动碎楼台。
吴王宫殿柳含翠，苏小宅房花正开。
解舞细腰何处往？能歌姹女逐谁回？
千秋万古无消息，国作荒原人作灰。

闺情代作

梧桐叶落雁初归，迢递无因寄远衣。
月照石泉金点冷，风酣箫管玉声微。
佳人刀杵秋风外，荡子从征梦寐希。
遥望戍楼天欲晓，满城咚鼓白云飞。

寄沈褒秀才

晴河万里色如刀，处处浮云卧碧桃。
仙桂茂时金镜晓，洛波飞处玉容高。
雄如宝剑冲牛斗，丽似鸳鸯养羽毛。
他日忆君何处望，九天香满碧萧骚。

入　关

东西南北数衢通，曾取江西径过东。
今日更寻南去路，未秋应有北归鸿。

及第后寄长安故人

东都放榜未花开,三十三人走马回。
秦地少年多办酒,已将春色入关来。

偶　作

才子风流咏晓霞,倚楼吟住日初斜。
惊杀东邻绣床女,错将黄晕压檀花。

赠终南兰若僧

北阙南山是故乡,两枝仙桂一时芳。
休公都不知名姓,始觉禅门气味长。

秋　感

金风万里思何尽,玉树一窗秋影寒。
独掩柴门明月下,泪流香袂倚阑干。

赠渔父

芦花深泽静垂纶,月夕烟朝几十春。
自说孤舟寒水畔,不曾逢着独醒人。

题刘秀才新竹

数茎幽玉色，晓夕翠烟分。

声破寒窗梦，根穿绿藓纹。

渐笼当槛日，欲碍入帘云。

不是山阴客，何人爱此君？

书　怀

满眼青山未得过，镜中无那鬓丝何。

只言旋老转无事，欲到中年事更多。

紫薇花

晓迎秋露一枝新，不占园中最上春。

桃李无言又何在，向风偏笑艳阳人。

醉后呈崔大夫

谢傅秋凉阅管弦，徒教贱子侍华筵。

溪头正雨归不得，辜负南窗一觉眠。

和宣州沈大夫登北楼书怀

兵符严重辞金马，星剑光芒射斗牛。

笔落青山飘古韵，帐开红旆照高秋。

香连日彩浮绡幕,溪逐歌声绕画楼。

可惜登临佳丽地,羽仪须去凤池游。

夜 雨

九月三十日,雨声如别秋。

无端满阶叶,共白几人头?

点滴侵寒梦,萧骚着淡愁。

渔歌听不唱,蓑湿棹回舟。

方 响

数条秋水挂琅玕,玉手丁当怕夜寒。

曲尽连敲三四下,恐惊珠泪落金盘。

将出关宿层峰驿却寄李谏议

孤驿在重阻,云根掩柴扉。

数声暮禽切,万壑秋意归。

心驰碧泉涧,目断青琐闱。

明日武关外,梦魂劳远飞。

使回枉唐州崔司马书兼寄四韵因和

清晨候吏把书来,十载离忧得暂开。

痴叔去时还读《易》,仲容多兴索衔杯。

人心计日殷勤望,马首随云早晚回。

莫为霜台愁岁暮,潜龙须待一声雷。

郡斋秋夜即事寄斛斯处士许秀才

有客谁人肯夜过？独怜风景奈愁何。

边鸿怨处迷霜久，庭树空来见月多。

故国杳无千里信，彩弦时伴一声歌。

驰心只待城乌晓，几对虚檐望白河。

同赵二十二访张明府郊居联句

陶潜官罢酒瓶空，门掩杨花一夜风。

古调诗吟山色里，无弦琴在月明中。

远檐高树宜幽鸟，出岫孤云逐晚虹。

别后东篱数枝菊，不知闲醉与谁同。

早春题真上人院

清羸已近百年身，古寺风烟又一春。

寰海自成戎马地，唯师曾是太平人。

对花微疾不饮呈坐中诸公

花前虽病亦提壶，数调持觞兴有无？

尽日临风美人醉，雪香空伴白髭须。

酬王秀才桃花园见寄

桃满西园淑景催，几多红艳浅深开。

此花不逐溪流出，晋客无因入洞来。

走笔送杜十三归京

烟鸿上汉声声远，逸骥寻云步步高。

应笑内兄年六十，郡城闲坐养霜毛。

送王十至襄中因寄尚书

阙下经年别，人间两地情。

坛场新汉将，烟月古隋城。

雁去梁山远，云高楚岫明。

君家荷藕好，缄恨寄遥程。

后池泛舟送王十

相送西郊暮景和，青苍竹外绕寒波。

为君蘸甲十分饮，应见离心一倍多。

重送王十

分袂还应立马看，向来离思始知难。

雁飞不见行尘灭，景下山遥极目寒。

洛阳秋夕

泠泠寒水带霜风，更在天桥夜景中。
清禁漏闲烟树寂，月轮移在上阳宫。

赠猎骑

已落双雕血尚新，鸣鞭走马又翻身。
凭君莫射南来雁，恐有家书寄远人。

怀吴中冯秀才

长洲苑外草萧萧，却算游程岁月遥。
惟有别时今不忘，暮烟秋雨过枫桥。

寄东塔僧

初月微明漏白烟，碧松梢外挂青天。
西风静起传深业，应送愁吟入夜蝉。

瑶　瑟

玉仙瑶瑟夜珊珊，月过楼西桂烛残。
风景人间不如此，动摇湘水彻明寒。

送故人归山

三清洞里无端别，又拂尘衣欲卧云。
看著挂冠迷处所，北山萝月在《移文》。

闻　角

晓楼烟槛出云霄，景下林塘已寂寥。
城角为秋悲更远，护霜云破海天遥。

押兵甲发谷口寄诸公

晓涧青青桂色孤，楚人随玉上天衢。
水辞谷口山寒少，今日风头校暖无？

和令狐侍御赏蕙草

寻常诗思巧如春，又喜幽亭蕙草新。
本是馨香比君子，绕栏今更为何人？

偶　题

道在人间或可传，小还轻变已多年。
今来海上升高望，不到蓬莱不是仙。

三川驿伏览座主舍人留题

旧迹依然已十秋,雪山当面照银钩。
怀恩泪尽霜天晓,一片余霞映驿楼。

陕州醉赠裴四同年

凄风洛下同羁思,迟日棠阴得醉歌。
自笑与君三岁别,头衔依旧鬓丝多。

破　镜

佳人失手镜初分,何日团圆再会君?
今朝万里秋风起,山北山南一片云。

长安雪后

秦陵汉苑参差雪,北阙南山次第春。
车马满城原上去,岂知惆怅有闲人。

华清宫

零叶翻红万树霜,玉莲开蕊暖泉香。
行云不下朝元阁,一曲《淋铃》泪数行。

冬日题智门寺北楼

满怀多少是恩酬，未见功名已白头。
不为寻山试筋力，岂能寒上背云楼。

别王十后遣京使累路附书

重关晓度宿云寒，羸马缘知步步难。
此信的应中路见，乱山何处拆书看？

许秀才至辱李蕲州绝句问断酒之情因寄

有客南来话所思，故人遥枉醉中诗。
暂因微疾须防酒，不是欢情减旧时。

送张判官归兼谒鄂州大夫

处士闻名早，游秦献疏回。
腹中书万卷，身外酒千杯。
江雨春波阔，园林客梦催。
今君拜旌戟，凛凛近霜台。

宿长庆寺

南行步步远浮尘,更近青山昨夜邻。
高铎数声秋撼玉,霁河千里晓横银。
红蕖影落前池净,绿稻香来野径频。
终日官闲无一事,不妨长醉是游人。

望少华三首

身随白日看将老,心与青云自有期。
今对晴峰无十里,世缘多累暗生悲。

文字波中去不还,物情初与是非闲。
时名竟是无端事,羞对灵山道爱山。

眼看云鹤不相随,何况尘中事作为。
好伴羽人深洞去,月前秋听玉参差。

登沣州驿楼寄京兆韦尹

一话浔阳旧使君,郡人回首望青云。
政声长与江声在,自到津楼日夜闻。

长安晴望

翠屏山对凤城开，碧落摇光霁后来。
回识六龙巡幸处，飞烟闲绕望春台。

岁日朝回口号

星河犹在整朝衣，远望天门再拜归。
笑向春风初五十，敢言知命且知非。

骕骦骏

瑶池罢游宴，良乐委尘沙。
遭遇不遭遇，盐车与鼓车。

龙丘途中二首

汉苑残花别，吴江盛夏来。
唯看万树合，不见一枝开。

水色绕湘浦，滩声怯建溪。
泪流回月上，可得更猿啼？

宫人冢

尽是离宫院中女，苑墙城外冢累累。
少年入内教歌舞，不识君王到老时。

寄浙西李判官

燕台上客意何如？四五年来渐渐疏。

直道莫抛男子业，遭时还与故人书。

青云满眼应骄我，白发浑头少恨渠。

唯念贤哉崔大让，可怜无事不歌鱼。

寄杜子二首

不识长杨事北胡，且教红袖醉来扶。

狂风烈焰虽千尺，豁得平生俊气无？

武牢关吏应相笑，个里年年往复来。

若问使君何处去，为言相忆首长回。

卢秀才将出王屋高步名场江南相逢赠别

王屋山人有古文，欲攀青桂弄氛氲。

将携健笔干明主，莫向仙坛问白云。

驰逐宁教争处让，是非偏忌众人分。

交游话我凭君道，除却鲈鱼更不闻。

送刘三复郎中赴阙

横溪辞寂寞，金马去追游。

好是鸳鸯侣，正逢霄汉秋。

玉珂声琐琐，锦帐梦悠悠。

微笑知今是，因风谢钓舟。

羊栏浦夜陪宴会

戈槛营中夜未央，雨沾云惹侍襄王。

球来香袖依稀暖，酒凸觞心泛滟光。

红弦高紧声声急，珠唱铺圆袅袅长。

自比诸生最无取，不知何处亦升堂？

送杜颙赴润州幕

少年才俊赴知音，丞相门栏不觉深。

直到事人男子业，异乡加饭弟兄心。

还须整理韦弦佩，莫独矜夸玳瑁簪。

若去上元怀古去，谢安坟下与沉吟。

有　感

宛溪垂柳最长枝，曾被春风尽日吹。

不堪攀折犹堪看，陌上少年来自迟。

书怀寄卢州

谢山南畔州，风物最宜秋。

太守悬金印，佳人敞画楼。

凝缸暗醉夕，残月上汀洲。

可惜当年鬓，朱门不得游。

贺崔大夫崔正字

内举无惭古所难，燕台遥想拂尘冠。

登龙有路水不峻，一雁背飞天正寒。

别夜酒余红烛短，映山帆去碧霞残。

谢公楼下潺湲响，离恨诗情添几般。

江南送左师

江南为客正悲秋，更送吾师古渡头。

惆怅不同尘土别，水云踪迹去悠悠。

寝　夜

蛩唱如波咽，更深似水寒。

露华惊弊褐，灯影挂尘冠。

故国初离梦，前溪更下滩。

纷纷毫发事，多少宦游难。

十九兄郡楼有宴病不赴

十二层楼敞画檐，连云歌尽草纤纤。

空堂病怯阶前月，燕子唝垂一行帘。

愁

聚散竟无形,回肠自结成。

古今留不得,离别又潜生。

降虏将军思,穷秋远客情。

何人更憔悴,落第泣秦京?

隋 苑

红霞一抹广陵春,定子当筵睡脸新。

却笑丘墟隋炀帝,破家亡国誉谁人?

芭 蕉

芭蕉为雨移,故向窗前种。

怜渠点滴声,留得归乡梦。

梦远莫归乡,觉来一翻动。

汴人舟行答张祜

千万长河共使船,听君诗句倍怆然。

春风野岸名花发,一道帆樯画柳烟。

牧陪昭应卢郎中在江西宣州佐今吏部沈公幕罢府周岁公宰昭应牧在淮南縻职叙旧成二十二韵用以投寄

燕雁下扬州,凉风柳陌愁。

可怜千里梦,还是一年秋。

宛水环朱槛,章江敞碧流。

谬陪吾益友,祗事我贤侯。

印组萦光马,锋芒看解牛。

井闾安乐易,冠盖惬依投。

政简稀开阁,功成每运筹。

送春经野坞,迟日上高楼。

玉裂歌声断,霞飘舞带收。

泥情斜拂印,别脸小低头。

日晚花枝烂,红凝粉彩稠。

未曾孤酪酊,剩肯只淹留。

重德俄征宠,诸生苦宦游。

分途之绝国,洒泪拜行辀。

聚散真漂梗,光阴极转邮。

铭心徒历历,屈指尽悠悠。

君作烹鲜用,谁膺尺席求?

卷怀能愤悱,卒岁且优游。

去矣时难遇,沽哉价莫酬。

满枝为鼓吹,衷甲避戈矛。

隋帝宫荒草,秦王土一丘。

相逢好大笑,除此总云浮。

寓　言

暖风迟日柳初含，顾影看身又自惭。
何事明朝独惆怅，杏花时节在江南。

猿

月白烟青水暗流，孤猿衔恨叫中秋。
三声欲断疑肠断，饶是少年须白头。

怀　归

尘埃终日满窗前，水态云容思浩然。
争得便归湘浦去，却持竿上钓鱼船。

边上晚秋

黑山南面更无州，马放平沙夜不收。
风送孤城临晚角，一声声入客心愁。

伤友人悼吹箫妓

玉箫声断没流年，满目春愁陇树烟。
艳质已随云雨散，凤楼空锁月明天。

访许颜

门近寒溪窗近山,枕山流水日潺潺。

长嫌世上浮云客,老向尘中不解颜。

春日古道傍作

万古荣华旦暮齐,楼台春尽草萋萋。

君看陌上何人墓,旋化红尘送马蹄?

青　冢

青冢前头陇水流,燕支山上暮云秋。

蛾眉一坠穷泉路,夜夜孤魂月下愁。

大梦上人自庐峰回

行脚寻常到寺稀,一枝藜杖一禅衣。

开门满院空秋色,新向庐峰过夏归。

洛中二首

柳动晴风拂路尘,年年宫阙锁浓春。

一从翠辇无巡幸,老却蛾眉几许人?

风吹柳带摇晴绿,蝶绕花枝恋暖香。
多把芳菲泛春酒,直教愁色对愁肠。

边上闻笳三首

何处吹笳薄暮天? 塞垣高鸟没狼烟。
游人一听头堪白,苏武争禁十九年。

海路无尘边草新,荣枯不见绿杨春。
白沙日暮愁云起,独感离乡万里人。

胡雏吹笛上高台,寒雁惊飞去不回。
尽日春风吹不散,只应分付客愁来。

春日寄许浑先辈

蓟北雁初去,湘南春又归。
水流沧海急,人到白头稀。
塞路尽何处? 我愁当落晖。
终须接鸳鹭,霄汉共高飞。

经阖闾城

遗踪委衰草,行客思悠悠。
昔日人何处? 终年水自流。
孤烟村戍远,乱雨海门秋。
吟罢独归去,烟云尽惨愁。

并州道中

行役我方倦，苦吟谁复闻？
戍楼春带雪，边角暮吹云。
极目无人迹，回头送雁群。
如何遣公子？ 高卧醉醺醺。

别　怀

相别徒成泣，经过总是空。
劳生惯离别，夜梦苦西东。
去路三湘浪，归程一片风。
他年寄消息，书在鲤鱼中。

渔　父

白发沧浪上，全忘是与非。
秋潭垂钓去，夜月叩船归。
烟影侵芦岸，潮痕在竹扉。
终年狎鸥鸟，来去且无机。

秋　梦

寒空动高吹，月色满清砧。
残梦夜魂断，美人边思深。
孤鸿秋出塞，一叶暗辞林。
又寄征衣去，迢迢天外心。

早秋客舍

风吹一片叶，万物已惊秋。

独夜他乡泪，年年为客愁。

别离何处尽？摇落几时休？

不及磻溪叟，身闲长自由。

逢故人

故交相见稀，相见倍依依。

尘路事不尽，云岩闲好归。

投人销壮志，徇俗变真机。

又落他乡泪，风前一满衣。

秋晚江上遣怀

孤舟天际外，去路望中赊。

贫病远行客，梦魂多在家。

蝉吟秋色树，鸦噪夕阳沙。

不拟彻双鬓，他方掷岁华。

长安夜月

寒光垂静夜，皓彩满重城。

万国尽分照，谁家无此明？

古槐疏影薄，仙桂动秋声。

独有长门里，蛾眉对晓晴。

云

东西那有碍，出处岂虚心。

晓入洞庭阔，暮归巫峡深。

渡江随鸟影，拥树隔猿吟。

莫隐高唐去，枯苗待作霖。

春　怀

年光何太急，倏忽又青春。

明月谁为主？江山暗换人。

莺花潜运老，荣乐渐成尘。

遥忆朱门柳，别离应更频。

逢故人

年年不相见，相见却成悲。

教我泪如霰，嗟君发似丝。

正伤携手处，况值落花时。

莫惜今宵醉，人间忽忽期。

闲　题

男儿所在即为家，百镒黄金一朵花。

借问春风何处好？绿杨深巷马头斜。

重登科

星汉离宫月出轮,满街含笑绮罗春。
花前每被青娥问,何事重来只一人?

游　边

黄沙连海路无尘,边草长枯不见春。
日暮拂云堆下过,马前逢着射雕人。

将赴池州道中作

青阳云水去年寻,黄绢歌诗出翰林。
投辖暂停留酒客,绛帷斜系满松阴。
妖人笑我不相问,道者应知归路心。
南去南来尽乡国,月明秋水只沉沉。

隋宫春

龙舟东下事成空,蔓草萋萋满故宫。
亡国亡家为颜色,露桃犹自恨春风。

蛮中醉

瘴塞蛮江入洞流,人家多在竹棚头。
青山海上无城郭,唯见松牌出象州。

寓 题

把酒直须判酩酊,逢花莫惜暂淹留。

假如三万六千日,半是悲哀半是愁。

送赵十二赴举

省事却因多事力,无心翻似有心来。

秋风郡阁残花在,别后何人更一杯?

偶呈郑先辈

不语亭亭俨薄妆,画裙双凤郁金香。

西京才子旁看取,何似乔家那窈娘?

子 规

蜀地曾闻子规鸟,宣城又见杜鹃花。

一叫一回肠一断,三春三月忆三巴。

江 楼

独酌芳春酒,登楼已半醺。

谁惊一行雁,冲断过江云?

旅　宿

旅馆无良伴，凝情自悄然。

寒灯思旧事，断雁警愁眠。

远梦归侵晓，家书到隔年。

湘江好烟月，门系钓鱼船。

杜　鹃

杜宇竟何冤，年年叫蜀门？

至今衔积恨，终古吊残魂。

芳草迷肠结，红花染血痕。

山川尽春色，呜咽复谁论？

闻　蝉

火云初似灭，晓角欲微清。

故国行千里，新蝉忽数声。

时行仍仿佛，度日更分明。

不敢频倾耳，唯忧白发生。

送友人

十载名兼利，人皆与命争。

青春留不住，白发自然生。

夜雨滴乡思，秋风从别情。

都门五十里，驰马逐鸡声。

旅　情

窗虚枕簟凉，寝倦忆潇湘。

山色几时老？人心终日忙。

松风半夜雨，帘月满堂霜。

匹马好归去，江头橘正香。

晓　望

独起望山色，水鸡鸣蓼洲。

房星随月晓，楚木向云秋。

曲渚疑江尽，平沙似浪浮。

秦原在何处？泽国碧悠悠。

贻友人

自是东西客，逢人又送人。

不应相见老，只是别离频。

度日还知暮，平生未识春。

倘无迁谷分，归去养天真。

书　事

自笑走红尘，流年旧复新。

东风半夜雨，南国万家春。

失计抛渔艇，何门化涸鳞？

是谁添岁月，老却暗投人？

别　鹤

分飞共所从，六翮势催风。
声断碧云外，影孤明月中。
青田归路远，丹桂旧巢空。
矫翼知何处？天涯不可穷。

晚　泊

帆湿去悠悠，停桡宿渡头。
乱烟迷野岸，独鸟出中流。
蓬雨延乡梦，江风阻暮秋。
倘无身外事，甘老向扁舟。

山　寺

峭壁引行径，截溪开石门。
泉飞溅虚牖，云起涨河轩。
隔水看来路，疏篱见定猿。
未闻难久住，归去复何言。

早　行

垂鞭信马行，数里未鸡鸣。
林下带残梦，叶飞时忽惊。
霜凝孤鹤迥，月晓远山横。
僮仆休辞险，时平路复平。

秋日偶题

荷花兼柳叶，彼此不胜秋。

玉露滴初泣，金风吹更愁。

绿眉甘弃坠，红脸恨飘流。

叹息是游子，少年还白头。

忆　归

新城非故里，终日想柴扃。

兴罢花还落，愁来酒欲醒。

何人初发白？几处乱山青？

远忆湘江上，渔歌对月听。

黄州偶见作

朔风高紧掠河楼，白鼻骗郎白罽袭。

有个当垆明似月，马鞭斜揖笑回头。

醉　倒

日晴空乐下仙云，俱在凉亭送使君。

莫辞一盏即相请，还是三年更不闻。

酬许十三秀才兼依来韵

多为裁诗步竹轩，有时凝思过朝昏。
篇成敢道怀金璞，吟苦唯应似岭猿。
迷兴每惭花月夕，寄愁长在别离魂。
烦君把卷侵寒烛，丽句时传画戟门。

后池泛舟送王十秀才

城日晚悠悠，弦歌在碧流。
夕风飘度曲，烟屿隐行舟。
问拍疑新令，怜香占彩球。
当筵虽一醉，宁复缓离愁。

书　情

谁家洛浦神，十四五来人？
媚发轻垂额，香衫软着身。
摘莲红袖湿，窥渌翠蛾频。
飞鹊徒来往，平阳公主亲。

骕骦坂

荆州一万里，不如蒯易度。
仰首望飞鸣，伊人何异趣？

题水西寺

三日去还住，一生焉再游。

含情碧溪水，重上粲公楼。

江楼晚望

湖山翠欲结蒙笼，汗漫谁游夕照中？

初语燕雏知社日，习飞鹰隼识秋风。

波摇珠树千寻拔，山凿金陵万仞空。

不欲登楼更怀古，斜阳江上正飞鸿。

赠别宣州崔群相公

衰散相逢洛水边，却思同在紫薇天。

尽将舟楫板桥去，早晚归来更济川。

吴宫词二首

越兵驱绮罗，越女唱吴歌。

宫烬花声少，台荒麋迹多。

茱萸垂晓露，菡萏落秋波。

无遣君王醉，满城颦翠蛾。

香径绕吴宫，千帆落照中。

鹤鸣山苦雨，鱼跃水多风。

城带晚莎绿,池连秋蓼红。
当年国门外,谁信伍员忠?

金　陵

始发碧江口,旷然谐远心。
风清舟在鉴,日落水浮金。
瓜步逢潮信,台城过雁音。
故乡何处是? 云外即乔林。

即　事

小院无人雨长苔,满庭修竹间疏槐。
春愁兀兀成幽梦,又被流莺唤醒来。

七　夕

云阶月地一相过,未抵经年别恨多。
最恨明朝洗车雨,不教回脚渡天河。

蔷薇花

朵朵精神叶叶柔,雨晴香拂醉人头。
石家锦障依然在,闲倚狂风夜不收。

中秋日拜起居表晨渡天津桥即
事十六韵献居守相国崔公兼呈工部刘公

碧树康庄内，清川巩洛间。

坛分中岳顶，城缭大河湾。

广殿含凉静，深宫积翠闲。

楼齐云漠漠，桥束水潺潺。

过雨桂枝润，迎霜柿叶殷。

紫鳞冲晚浪，白鸟背秋山。

月拜西归表，晨趋北向班。

鸳鸿随半仗，貔虎护重关。

玉帐才容足，金樽暂解颜。

迹留伤堕屦，恩在乐衔环。

南省兰先握，东堂桂早攀。

龙门君夭矫，莺谷我绵蛮。

分薄嵇心懒，哀多庾鬓斑。

人惭公干卧，频送子牟还。

自睹宸居壮，谁忧国步艰。

只应时与醉，因病纵疏顽。

寄卢先辈

一从分首剑江滨，南国相思寄梦频。

书去又逢商岭雪，信回应过洞庭春。

关河日日悲长路，霄汉年年望后尘。

犹指丹梯曾到处，莫教犹作独迷人。

南楼夜

玉管金樽夜不休,如悲画短惜年流。
歌声袅袅彻清夜,月色娟娟当翠楼。
枕上暗惊垂钓梦,灯前偏起别家愁。
思量今日英雄事,身到簪裾已白头。

怀紫阁山

学他趋世少深机,紫阁青霄半掩扉。
山路远怀王子晋,诗家长忆谢玄晖。
百年不肯疏荣辱,双鬓终应老是非。
人道青山归去好,青山曾有几人归?

题孙逸人山居

长悬青紫与芳枝,尘刹无应免别离。
马上多于在家日,樽前堪忆少年时。
关河客梦还乡远,雨雪山程出店迟。
却美高人终此老,轩车过尽不知谁。

中途寄友人

道傍高木尽依依,落叶惊风处处飞。
未到乡关闻早雁,独于客路授寒衣。
烟霞旧想长相阻,书剑投人久不归。
何日一名随事了?与君同采碧溪薇。

送苏协律从事振武

琴尊诗思劳,更欲学龙韬。

王粲暂投笔,吕虔初佩刀。

夜吟关月苦,秋望塞云高。

去去从军乐,雕飞岱马豪。

宣州开元寺赠惟真上人

曾与径山为小师,千年僧行众人知。

夜深月色当禅处,斋后钟声到讲时。

经雨绿苔侵古画,过秋红叶落新诗。

劝君莫厌江城客,虽在风尘别有期。

绿　萝

绿萝萦数匝,本在草堂间。

秋色寄高树,昼阴笼近山。

移花疏处过,刷药困时攀。

日暮微风起,难寻旧径还。

陵阳送客

南楼送郢客,西郭望荆门。

兔鹊下寒渚,牛羊归远村。

兰舟倚行棹,桂酒掩余樽。

重此一留宿,前汀烟月昏。

今之置第乃获旧居洛下大僚因有唱和叹咏不足辄献此诗

旅馆当年茸，公才此日论。

林繁轻竹祖，树暗惜桐孙。

炼药藏金鼎，疏泉陷石盆。

散科松有节，深薙草无根。

龙卧池犹在，莺迁谷尚存。

昔为扬子宅，今是李膺门。

积学萤尝聚，微词凤早吞。

百年明素志，三顾起新恩。

雪耀冰霜冷，尘飞水墨昏。

莫教垂露迹，岁晚杂苔痕。

冬日五湖馆水亭怀别

芦获花多触处飞，独凭虚槛雨微微。

寒林叶落鸟巢出，古渡风高渔艇稀。

云抱四山终日在，草荒三径几时归？

江城向晚西流急，无限乡心闻捣衣。

不　寝

到晓不成梦，思量堪白头。

多无百年命，长有万般愁。

世路应难尽，营生卒未休。

莫言名与利，名利是身仇。

泊松江

清露白云明月天,与君齐棹木兰船。
南湖风雨一相失,夜泊横塘心渺然。

闻开江相国宋下世二首

权门阴进夺移才,驿骑如星堕峡来。
晁氏有恩忠作祸,贾生无罪直为灾。
贞魂误向崇山没,冤气疑从湘水回。
毕竟成功何处是?五湖云月一帆开。

月落清湘棹不喧,玉杯瑶瑟奠蘋蘩。
谁令力制乘轩鹤,自取机沉在槛猿。
位极乾坤三事贵,谤兴华夏一夫冤。
宵衣盱食明天子,日伏青蒲不为言。

出　关

朝缨初解佐江濆,麋鹿心知自有群。
汉囿猎稀慵献赋,楚山耕早任移文。
卧归渔浦月连海,行望凤城花隔云。
关吏不须迎马笑,去时无意学终军。

暝投云智寺渡溪不得却取沿江路往

双岩泻一川，回马断桥前。
古庙阴风地，寒钟暮雨天。
沙虚留虎迹，水滑带龙涎。
却下临江路，潮深无渡船。

宣城赠萧兵曹

桂楫谪湘渚，三年波上春。
舟寒句溪雪，衣故洛城尘。
客道耻摇尾，皇恩宽犯鳞。
花时去国远，月夕上楼频。
赊酒不辞病，佣书非为贫。
行吟值渔父，坐隐对樵人。
紫陌罢双辙，碧潭穷一纶。
高秋更南去，烟水是通津。

过鲍溶宅有感

寥落故人宅，重来身已亡。
古苔残墨沼，深竹旧书堂。
秋色池馆静，雨声云木凉。
无因展交道，日暮倍心伤。

寄兄弟

江城红叶尽，旅思倍凄凉。
孤梦家山远，独眠秋夜长。
道存空倚命，身贱未归乡。
南望仍垂泪，天边雁一行。

秋　日

有计自安业，秋风罢远吟。
买山惟种竹，对客更弹琴。
烟起药厨晚，杵声松院深。
闲眠得真性，惆怅旧时心。

卜居招书侣

忆昨未知道，临川每羡鱼。
世途行处见，人事病来疏。
微雨秋栽竹，孤灯夜读书。
怜君亦同志，晚岁傍山居。

西山草堂

何处人事少？西峰旧草堂。
晒书秋日晚，洗药石泉香。
后岭有微雨，北窗生晚凉。
徒劳问归路，峰叠绕家乡。

贻隐者

回报隐居山，莫忧山兴阑。

求人颜色尽，知道性情宽。

信谱弹琴误，缘崖劚药难。

东皋亦自给，殊愧远相安。

石　池

通竹引泉脉，泓澄深石盆。

惊鱼翻藻叶，浴鸟上松根。

残月留山影，高风耗水痕。

谁家洗秋药，来往自开门。

怀政禅师院

山斋路几层，败衲学真乘。

寒暑移双树，光阴尽一灯。

风飘高竹雪，泉涨小池冰。

莫讶频来此，修身欲到僧。

送荔浦蒋明府赴任

路长春欲尽，歌怨酒多酣。

白社莲塘北，青袍桂水南。

驿行盘鸟道，船宿避龙潭。

真得诗人趣，烟霞处处谙。

秋夕有怀

念远坐西阁,华池涵月凉。
书回秋欲尽,酒醒夜初长。
露白莲衣浅,风清蕙带香。
前年此佳景,兰棹醉横塘。

秋霁寄远

初霁独登赏,西楼多远风。
横烟秋水上,疏雨夕阳中。
高树下山鸟,平芜飞草虫。
唯应待明月,千里与君同。

经古行宫

台阁参差倚太阳,年年花发满山香。
重门勘锁青春晚,深殿垂帘白日长。
草色芊绵侵御路,泉声呜咽绕宫墙。
先皇一去无回驾,红粉云环空断肠。

秋晚怀茅山石涵村舍

十亩山田近石涵,村居风俗旧曾谙。
帘前白艾惊春燕,篱上青桑待晚蚕。
云暖采茶来岭北,月明沽酒过溪南。
陵阳秋尽多归思,红树萧萧覆碧潭。

留题李侍御书斋

曾话平生志，书斋几见留。

道孤心易感，恩重力难酬。

独立千峰晚，频来一叶秋。

鸡鸣应有处，不学泪空流。

行次白沙馆先寄上河南王侍郎

夜程何处宿？山叠树层层。

孤馆闲秋雨，空堂停曙灯。

歌惭渔浦客，诗学雁门僧。

此意无人识，明朝见李膺。

贵　游

朝回佩马草萋萋，年少恩深卫霍齐。

斧钺旧威龙塞北，池台新赐凤城西。

门通碧树开金锁，楼对青山倚玉梯。

南陌行人尽回首，笙歌一曲暮云低。

越　中

石城花暖鹧鸪飞，征客春帆秋不归。

犹自保郎心似石，绫梭夜夜织寒衣。

闻范秀才自蜀游江湖

蜀道下湘渚，客帆应不迷。

江分三峡响，山并九华齐。

秋泊雁初宿，夜吟猿乍啼。

归时慎行李，莫到石城西。

宿东横山濑

孤舟路渐赊，时见碧桃花。

溪雨滩声急，岩风树势斜。

猕猴悬弱柳，鸂鶒睡横楂。

漫向仙林宿，无人识阮家。

贻迁客

无机还得罪，直道不伤情。

微雨昏山色，疏笼闭鹤声。

闲居多野客，高枕见江城。

门外长溪水，怜君又濯缨。

寄桐江隐者

潮去潮来洲渚春，山花如绣草如茵。

严陵台下桐江水，解钓鲈鱼能几人？

长兴里夏日寄南邻避暑

侯家大道旁,蝉噪树苍苍。

开锁洞门远,卷帘官舍凉。

栏围红药盛,架引绿萝长。

永日一欹枕,故山云水乡。

送大昱禅师

禅床深竹里,心与径山期。

结社多高客,登坛尽小师。

早秋归寺远,新雨上滩迟。

别后江云碧,南斋一首诗。

梁秀才以早春旅次大梁将归郊扉言怀兼别示亦蒙见赠凡二十韵走笔依韵

玉塞功犹阻,金门事已陈。

世途皆扰扰,乡党尽循循。

客道难投足,家声易发身。

松篁标节晚,兰蕙吐词春。

处困羞摇尾,怀忠壮犯鳞。

宅临三楚水,衣带二京尘。

敛迹愁山鬼,遗形慕谷神。

采芝先避贵,栽橘早防贫。

弦泛桐材响,杯澄糯醁醇。

但寻陶令集,休献楚王珍。

林密闻风远，池平见月匀。

藤龛红婀娜，苔磴绿嶙峋。

雪树交梁苑，冰河涨孟津。

面邀文作友，心许德为邻。

旅馆将分被，婴儿共洒巾。

渭阳连汉曲，京口接漳滨。

通塞时应定，荣枯理会均。

儒流当自勉，妻族更谁亲？

照瞩三光政，生成四气仁。

磻溪有心者，垂白肯湮沦。